山药蛋派文学的理论与发展研究

李 霞 著

北京工业大学出版社

图书在版编目（CIP）数据

山药蛋派文学的理论与发展研究 / 李霞著. — 北京：北京工业大学出版社，2020.6（2021.5 重印）
　ISBN 978-7-5639-7506-8

　Ⅰ. ①山… Ⅱ. ①李… Ⅲ. ①山药蛋派－文学研究 Ⅳ. ① I206.7

中国版本图书馆 CIP 数据核字（2020）第 168529 号

山药蛋派文学的理论与发展研究
SHANYAODANPAI WENXUE DE LILUN YU FAZHAN YANJIU

著　　者：李　霞
责任编辑：郭志霄
封面设计：点墨轩阁
出版发行：北京工业大学出版社
　　　　　（北京市朝阳区平乐园 100 号　邮编：100124）
　　　　　010-67391722（传真）　　bgdcbs@sina.com
经销单位：全国各地新华书店
承印单位：三河市明华印务有限公司
开　　本：710 毫米 ×1000 毫米　1/16
印　　张：10
字　　数：220 千字
版　　次：2020 年 6 月第 1 版
印　　次：2021 年 5 月第 2 次印刷
标准书号：978-7-5639-7506-8
定　　价：58.00 元

版权所有　翻印必究

（如发现印装质量问题，请寄本社发行部调换 010-67391106）

前　言

　　山药蛋派是中国当代小说流派之一，形成于20世纪50年代至60年代中期，指以赵树理为代表的一个当代的文学流派，又被称为"赵树理派""山西派"或"火花派"。被称为"火花派"是因为新中国成立后该派的作品大都发表在山西文艺刊物《火花》上。

　　山药蛋派主要作家还有马烽、西戎、李束为、孙谦、胡正等，人称"西李马胡孙"，他们多是山西农村土生土长的作家，有比较深厚的农村生活基础。

　　山药蛋派继承和发展了我国古典小说和说唱文学的传统，其作品以叙述故事为主，将人物、情景的描写融入故事叙述之中，结构清晰，层次分明，人物性格主要通过语言和行动来展示，善于选择和运用内涵丰富的细节描写，语言朴素、凝练、通俗易懂，具有浓厚的民族风格和地方色彩。

　　山药蛋派作家的农民本位思想使他们以仰视的目光把农民作为其创作的主体，而且把农民的文化价值视为一种审美理想。他们创作的农民视角博得了农民群众的欢迎。

　　本书主要介绍了山药蛋派文学的基本理论和发展情况，对该领域的研究具有一定的借鉴意义。由于作者水平有限，加之时间仓促，书中不足之处在所难免，望各位读者、专家不吝赐教。

目 录

第一章 山药蛋派文学理论概述 ……1
第一节 山药蛋派的起源 ……1
第二节 山药蛋派文学与三晋文化 ……4

第二章 山药蛋派文学的成长土壤 ……11
第一节 山药蛋派敏锐的地理感 ……11
第二节 山药蛋派的"圪"字 ……14
第三节 受制于地理条件的日常生活 ……19

第三章 山药蛋派文学反映的民风民性 ……25
第一节 重利轻名 ……26
第二节 俗尚俭啬 ……37
第三节 风俗刚悍 ……49

第四章 山药蛋派文学展示的地方民俗 ……73
第一节 奢华的婚丧礼俗 ……74
第二节 敬神信巫 ……93
第三节 戏曲艺术 ……103

第五章 山药蛋派文学的地域文化精神 ……111
第一节 崇"实"的地域精神 ……111
第二节 拘实性艺术思维 ……113

参考文献 ……117

第一章　山药蛋派文学理论概述

第一节　山药蛋派的起源

山药蛋派起源于20世纪40年代中期。1942年后，赵树理首先发表了一批具有浓厚的乡土气息和山西地方色彩的作品。

当时同在山西的马烽、西戎、胡正、孙谦、束为等在赵树理的影响下，也写出了具有大致相同特色的作品。这批作家在中华人民共和国成立初期曾一度分散，但20世纪50年代中期又都不约而同地先后回到山西工作，并且不断创作出有影响力的作品，从而在五六十年代形成了一个相当有影响力的文学流派。将这个流派命名为山药蛋派，正是抓住了这个流派的地域色彩和乡土气息浓郁这一特色。山西盛产山药蛋，20世纪50年代末，《山西日报》曾登载文章宣传山药蛋的种植、特性以及它在山西人民生活中的地位和食用方法等。几乎同时，《文艺报》在1958年第十一期推出了《山西文艺特辑》，将赵树理、马烽、西戎、胡正、孙谦、束为等作家作为一个群体做了总的评述介绍。也许是巧合，后来就有人将"山药蛋"作为这一文学群体的名号。

对于这一名号，笔者同意这样一种评价："把山西作家群戏称为'山药蛋派'，不管出自爱昵的谐谑或微含轻蔑的调侃，都无关紧要，它的确较为切当、形象、风趣地概括出这个流派的特色。"在该名号使用确当与否的争执中，曾有人代表山西农民表述过对这一名号的喜爱："咱们山西有首民歌里不是有一句：'交城的大山里没有那好茶饭，只有莜面烤酪酪，还有那山药蛋……'山药蛋土生土长，又挺适用，这有什么不好？起码象征着这个流派的作家没有忘记广大农民，没有忘记地方特色……"被认为是师承了山药蛋派作家的韩文洲对此也发表过这样的见解："对以赵树理为代表的这个文学流派，被称为'山药蛋'是否准确，可以研究。但既然把它叫作'山药蛋派'，就是说这个流派的作品有点'土气'。""所谓'土气'，实际上就是指地方色彩，或者说是'乡土气息'……我想，所谓'土气'正是'山药蛋派'的一个基本特征。'山药蛋'土里生、土里长，吃它的时候，洗得再干净，也洗不掉它身上的泥土香味。"这是对山药蛋派文学的感同身受的理解。可以说，"地方特色""乡土气息"是山药蛋派作为一个流派的最主要的特征，也是最明显的特征。

在以往有关山药蛋派文学的研究中，对其主要特征的概括最常见的有三种：一是称之为民族化、群众化（大众化、通俗化）文学流派；二是称之为解放区文学流派；三是称之为农民文学流派。这三种概括都有其合理性，但就揭示山药蛋派的主要特征而言，又都有其局限性。

当这个流派的最初的一些作品刚刚发表之后，人们首先注意到的是这些作品的民族化、群众化特点。无论是解放区还是国统区出现的评论，都热衷于指出这一点。解放区如周扬的《论赵树理的创作》和陈荒煤的《向赵树理方向迈进》等，都主要是从群众化语言的角度对赵树理的小说给予首肯的；国统区如郭沫若的《"板话"及其他》、茅盾的《序〈李家庄的变迁〉》等，也都注意到了赵树理小说文体的通俗化和形式的民族化。这种关注有其历史的原因。中国新文学从"五四"时期提倡"平民文学"开始，经过二十世纪三四十年代多次有关大众语、民族形式的讨论，直到1942年毛泽东在延安文艺座谈会上发表了讲话，这一切种种的对文学大众化、民族化的呼唤，终于在以赵树理为首的山药蛋派作家这里得到了一次实践性的回应，这在文学史上不能不视为一件大事。因此，在以往的有关山药蛋派特点的研究中，人们充分注意到了它的群众化、民族化的特点，无疑是合理的。但也应该看到，在所有的关注点都几乎集中在群众化、民族化问题上时，山药蛋派文学流派的特点并没有得到充分的揭示，它的特殊风味也并未得到充分的阐释。从民族化、群众化这一角度，很难将这个流派与当时陆续出现的同样具有群众化、民族化特征的作家如柳青、康濯、周立波等人的作品区分开来。因而群众化、民族化的概括，在显示流派独特性方面有一定的局限性。

用"解放区文学"来概括山药蛋派文学的特点，也并非没有道理的。所谓"解放区文学"，当然也包括群众化、民族化的特点，但内涵更丰富。当时及其后都有许多研究者认为，在解放区历史条件下产生的文学，除了具有群众化、民族化特点外，还具备这样一些特征：反映了解放区独特的生活内容；体现了独特历史条件下的艺术思维方式；作家观照问题的角度受制于解放区特殊的政治形势等。而山药蛋派就被视为全面体现解放区文学特征的流派。的确，山药蛋派的作品主要反映了解放区人民的新生活，而且作家们也多少谈到过写作中为适应解放区形势发展的需要而"赶任务"的情况，因而山药蛋派理应归入"解放区文学"。但如果用"解放区文学"来解释山药蛋派的流派特点，极容易导致以一般取代个别的结果。且不说这个流派的作家有大量作品出现在抗日战争和解放战争时期之后，以"解放区"这一概念难以覆盖全部作品；更重要的是"解放区文学"的内涵和外延一直比较模糊；同时，解放区产生的文学作品面广量大，风格各异，不独山药蛋派一家，仅仅从"解放区文学"这一角度，难以概括这个流派的个性特点。山药蛋派的确产生在解放区历史条件下，但在同样的历史条件下，在同一方向的艺术追求下，却独独在山西形成了这么一个独特的文学流派，而在集中着更多作家文人的陕甘宁边区却没有形成类似的文学流派，这是什么原因呢？要解释山药蛋派作为一个文学流派的形成，固然不能忽视当时解放区文学发展的历史条件，但同样不能忽视的是山西地域文化的条件。没有后者，也许会出现这样那样的文学群体，但却不会是山药蛋派。与陕甘宁边区最为不同的是，山西就有这么一批土生土长的作家，他们在抗战中期脱颖而出，在第三次国内战争时期又多固守在山西这块土地上，中华人民共和国成立初期虽曾一度走散，但很快又重新结集，又都回到了山西，并扎下根来。相比之下，陕甘宁边区始终未能集合起一批真正属于这块土地的土生土长的作家群体。忽略了山药蛋派的形成与山西地域文化条件的关系，就有可能将其淹没于一般的解放区文学之中。

用"农民文学"来概括山药蛋派也会面临同样的问题。毫无疑问，山药蛋派的作品主要以农民的生活为表现对象，作家在相当大的程度上照顾到了农民的审美趣味和欣赏习惯。但这里所谓的"农民"，确切地说应是山西地区的农民。中国幅员辽阔，受制于不同的地域环境，各地农村的发展极不平衡，沿海与腹地有很大区别，同是腹地也是各有差异。一方水土养一方人，不同的地理环境、物质生活条件、历史传统等，常常使不同地区的农民在生存状态、生活方式、思维特点、审美情趣等方面产生一定的差别。因此，"农民文学"只有在区别于"市民文学""都市文学"等概念时才具有意义，而要以此来概括山药蛋派的流派特征却效用不大，它无法将这个流派从所有的"农民文学"中辨析出来。

总而言之，作为流派的独特意义和价值的挖掘，显然不能拘泥于上述几条思路，而应该给予这个流派的地域文化特性以更多的观照。当然，这并不等于说以往的山药蛋派研究中丝毫没有关注其地域特性，而是说以往这方面的关注还不那么明确、自觉、系统。早在20世纪60年代或更早的一些对山药蛋派作品的评论中，"地方色彩"和"乡土气息"这两个词汇就时有出现，新时期以来这方面的研究成果中，这类词汇更不鲜见。但从目前的研究情况看，对所谓"地方色彩""乡土气息"的具体研究，还只是集中在对赵树理这一单个作家身上，而对整个山药蛋派与地域文化的关系则很少有人做专门系统的研究。而且，在使用"地方色彩""乡土气息"等概念时，常常止于印象式、感悟式的阶段，较少通过更细致的实证性分析来昭示出这种地方色彩、乡土气息的确指性内容。有的研究性作品名为研究地方色彩，指出和说明的都是一般性的群众化、民族化问题，而对山药蛋派的地域特性竟丝毫没有涉及。将地域特点包容在群众化、民族化特点之中，也就失去了从地域文化角度进行研究的意义。

第二节　山药蛋派文学与三晋文化

一、地域文化的特征与文学流派的形成

从地域文化的角度来研究与特定地域关系密切的文学流派和文学现象，这属于一种跨学科性质的研究，要求在熟悉文学流派和文学现象的同时，对地域文化的特点也要有所把握。这有一定的难度。中国向来是个"大一统"的国家，各地区文化的趋于统一是一种必然的走向，虽然也许这种进程在长期的封建社会中是较为缓慢的，但统治阶级的文化思想总是不断地对各个区域的文化发展起着整合的作用。加之各地区之间长期的人口迁移、民间交往，区域与区域之间的文化渗透也已成为客观事实。这样，要厘清地域文化特征显然就不是一件轻而易举的事。到底哪些文化特征是该区域所特有的，哪些是各区域共有的，要完完全全分辨清楚也许根本就办不到。笔者认为，要把握一个地区的地域文化特征，可行的方法也许是注重把握其"完形"。所谓地域文化特征，应是就整体而言的，构成其整体特征的单个文化因子也许并不独属于该地区，但各因子的独特组合（包括量的多少和组合的方式）却是该地区独有的。譬如说，山西地域文化的特征是由文化因子A、B、C、D……组合而成形的，虽然你可以在陕西文化中发现A，在河北文化中发现B，在河南文化中发现C，但同时具有A、B、C、D……的才是山西地域文化的特征。而且，即使同是A这种文化因子，在一种特殊的组合方式中，也会有区别于其他组合的某种潜在的差异。只要我们在研究和观照地域文化特征时，注重对"完形"的把握，注重辨析不同区域中看似相同的单个文化因子之间的微妙差异，上述难题是可以解决的。

况且，如果我们再自觉地将揭示重点放在选择该地区独有的文化因子上，那么，该地区的地域文化的特征就更容易凸现出来。

山西地区在历史上被称为"晋""三晋"，是因春秋时期位于此地的晋国和战国时期的韩、赵、魏三国分晋而得名。"三晋"所辖的区域包括了现在整个山西省，因此后世有用"晋"或"三晋"来指代山西地区和山西省的。本课题研究范围是山西，取用"三晋"这一概念，是因为前者主要是行政区划的概念，而后者却多少带有历史沿革和文化界分的意味：它作为一种相对成形的地域文化类型，被深深地打上了历史文化的标记。所谓"三晋文化"，作为一种地域文化，主要是在山西省范围内沿革、形成并保持相对独立的特征，这与山西地区的特殊地理环境有关。清代顾祖禹在《读史方舆纪要·山西方舆纪要序》中说：山西之形势，最为完固，关中而外，吾必首及夫山西。盖语其东则太行为之屏障，其西则大河为之襟带。于北则大漠、阴山为之外蔽，而勾注、雁门为之内险。于南则首阳、底柱、析城、王屋诸山，滨河而错峙，又南则孟津、潼关，皆吾门户也。……

山西以其在太行之西而得名，又因其在黄河以东，所以古代也有"山右""河东"之称。所谓"形势最为完固"，虽是从军事学角度而言的，但从文化发展的角度看，这种相对封闭的地理环境最易形成相对独立的地域文化特征。

指出这一点至关重要。在中国的许多地区，其地域文化的特征是很不明显的。这是因为，随着历史的变迁，一些古代沿袭或俗成的历史区域逐渐变得疆域模糊，地域文化的独特性日渐消失；尤其是近代中国社会的急速变异加快了人口迁移、景物易貌的过程，使许多地区丧失了地域性文化个性。但山西却不然，因地理环境和地理条件的缘故，山西在近代属于疆域变化较少、受近代文明冲击较轻、社会变动也较缓慢的省份之一。辛亥革命之后，山西在阎锡山统治下，虽名义上纳入"民国"的轨道，但实为阎氏独立王国。全省除太原略有些现代文明气息外，其他地区几乎仍处在闭塞落后的状态中，人们的生活仍在既往的轨道上运行。据有关统计，直到中华人民共和国成立前夕，山西能够勉强通车的铁路不足100公千米，且轨道各异，车型很杂；公路通车里程只有1288千米，而且多是土路，缺桥断涵，坎坷难行，全省只三分之一的县能够季节性通车。再就邮电而言，中华人民共和国成立前全省仅有邮运汽车两辆、自行车35辆，长途电话局只有19处，还只限于省内；出省的长途通信完全靠无线电传递，而全省电报通达的电报局仅有22处。特殊的封闭性地理环境使山西处于与外界隔绝的状态下，而交通、通信等方面特别落后，又几乎断绝了近代文明所提供的与外界交往、接受新信息的可能性。这种状况，从社会发展、文化进步的角度来看，显然不是一件好事。但对于我们研究地域文化却有意义。这种封闭性地理环境反而成了保存地域文化特性的重要条件。在面对这样的研究对象时，我们不仅有可能捕捉到它的地域性文化个性，而且它事实上保留得相对完备的独异特征也为我们在研究中避免将地域特征普泛化、避免以各区域共同的文化共性替代具体区域的文化个性等弊病，提供了客观条件。

二、山药蛋派文学流派与三晋文化的关系

我们研究山药蛋派与三晋文化的关系，重点是落实在山药蛋派文学上，其基本思路是通过地域文化这一角度来研究和揭示文学现象中的有关问题，而这些问题往往是从其他角度难以揭示出和解释清楚的。地域文化的比照只是作为一种研究途径，而文学现象的解释才是最终的研究目的。

泛谈"文化"，相对比较容易。即以三晋文化言之，如果从天文地理、人文历史、文化变迁、风土民情、民俗风物等方面做一般性的介绍，就很有东西可说。但我们这里所关注的只是与山药蛋派文学有关的部分，而不是全部的三晋文化；侧重点是找出山药蛋派文学与三晋文化的关系，而不是全面介绍三晋文化。也就是说，唯有与山药蛋派文学相关的三晋文化内容，才会进入我们的研究视野。这意味着我们也许会对三晋文化中的一些精彩的内容做有意识的"遗漏"，因此，要在这里找寻到三晋文化全部的方方面面是不可能的。文化赋予文学以意义，又需要文学来承载，但文学绝不是百纳箱，任什么文化现象都可以往里装，文学的承载力毕竟是有限度的。如果在研究中，我们对三晋文化的某些方面涉及较多，那一定是因为这些方面与山药蛋派文学有较密切的关系；而我们对三晋文化的许多方面的遗漏，也是基于它们与山药蛋派文学的关系——也许就某些方面单独言之是极有意义和价值的，但它们与山药蛋派文学关系不大，我们也只能舍弃。

对山药蛋派与三晋文化关系的研究，我们主要从三个方面入手：一是研究山药蛋派作品所包蕴的三晋文化的内容；二是研究三晋文化在哪些方面、在何种程度上决定了或制约了以至形成了山药蛋派作家的共同的思维方式、观照问题的角度、审美的偏好以及处理题材的方式方法；三是从地域文化对文学的影响效能以及这种效能的时代性、变异性等方面研究山药蛋派作为一个文学流派，在它的产生、发展和消亡中，三晋文化所产生的影响。

山药蛋派文学具有浓烈的地方色彩和乡土气息，这是任何一个较多阅读其作品的人都能感觉到的。但要真正说清楚这些地方色彩或乡土气息的实指和具体蕴意，当然就要从作品的实际内容出发，去找寻出它们与三晋文化的对应关

系。那些在山药蛋派作品中大量地、反复地出现的内容尤其应该引起我们的重视：单个山西作家在作品中涉及了某一生活现象，这也许是偶然的；但如果许多山西作家不约而同地在作品中反复涉及这一生活现象，那就起码可以说明这一现象在该地区具有某种普遍性，此中可能较多地附着了地域文化的信息。当然，还需要从"三晋文化"那一端找寻印证，这种印证必须落到实处。也就是说，应力求用实证的方法来界定作品的某些内容是否具有地域文化的特征。要求实证，就应重视对三晋文化资料的征引。但求证于三晋文化资料时，应慎加选择，尤其是对历史文献上的有关记载，应首先分辨出哪些是属于易变或已变的内容，哪些是属于现存的相对稳定的内容。一般来说，与特定地域的地理环境相连的民风民性、盛行于下层社会中间的风俗习惯、民间礼仪、民间文艺、语言特性等，在相对闭塞的社会环境中是保留得较为长久的文化内容。正因为如此，我们在找寻山药蛋派作品内容与三晋文化的对应关系时，也相对偏重于这些方面。

　　研究山药蛋派与三晋文化的关系，当然不能仅止于此。山药蛋派作为一个文学流派，它的显著的地域文化特征显然不仅仅是由作品的题材、内容所决定的。以山西地区的生活为题材的作品在山药蛋派之前之后或同时代都不少见，而且在有些作品中对具有山西地域文化特征的风土、民情、俗事、风物等也多少有所涉及，但我们在读这样一些作品时却并未感觉到像山药蛋派作品中所具有的那么浓烈、醇厚的"山西味道"或曰"晋阳气息"。因此，还应注重考察作家自身与山西地域文化的特殊关系。山药蛋派作家都是山西乡村土生土长的作家（除个别的例外），在他们的文化教养中，山西地域文化哺育占了主导的位置，这就先天决定了他们在创作时与山西文化所割不断的联系。浸染于山西地域文化的氛围中，无论是在其乡土情趣还是地方色彩方面，对他们来说都是属于无须刻意追求就能轻而易举获得的，这就是所谓的"血管里流出的都是血"。这对在另一文化域中养育成的山西外的作家来说，无论如何也无法在表现山西生活的"地道"上与他们相比。抗战时期也曾出现过一批非山西籍作家表现山西地区生活的作品，这些作家也曾去刻意追求山西味，去着意再现具有山西味的生活现象，但在对表现对象的把握上他们却很难像山药蛋派作家那样对表现对象持完全的同情理解的态度。这里有文化域渊源的差异。因此，我们还应注重对山药蛋派作家本身与三晋文化关系的研究。一方面，我们要充分考虑到他们自身的乡土性质，充分注意那些具有地域文化特征的风俗习惯、宗教信仰和民间文艺等对他们必然会产生的影响；另一方面，我们又要看到，他们毕竟是属于乡村的文化人，三晋地区长期以来的一些文人传统对他们也会或多或少地产生影响。当然，这些考察最后的落脚点仍然还在文学作品上，但这一次对作品的关注，却不在其题材、内容上的具有地域文化显性特征的那些方面，而是在于找寻作品中所表现着的甚至是暗含着的，作家受地域文化影响而形成的特异的观照角度、价值标准、审美情趣，乃至更为具体的处理题材的方式。只有完成了这个阶段的研究，我们才能进一步将山药蛋派特有的"地方色彩"和"乡土气息"落到实处，山药蛋派作为地域性很强的文学流派的最主要的特征也才会真正被揭示出来。

山药蛋派作为文学流派的命运是与它的主要特征联系在一起的。如果说一个文学流派得以确立的原因主要是在于有一群具有共同艺术追求的作家创作出了一批具有共同特点的作品的话，那么，山药蛋派作为流派得以确立的最主要的原因就是在于有一批三晋地域文化养育而成的作家，他们自觉地成为这种文化的表现者和批判者，并创作出了一大批具有鲜明的三晋地域特点的文学作品。流派是否已经确立与能否得到充分发展并不完全是一回事，一个文学流派在确立后能否得到充分发展，还要看作为该流派赖以确立的主要特征在多大程度上顺应了时代对于文学的要求。由此来看山药蛋派的发展及其命运，也就应该从山药蛋派作品所体现的三晋地域文化特征于不同时期在全国的整体性文化趋向中所处的位置来加以考察。山药蛋派作品出现后很快便"走红"，这与山西地区在抗战时期的重要位置有关。在抗战时期共产党所领导的四个主要的抗日根据地之中，与山西有关的就占了三个，山西的现实情形、那里的斗争形势和人民的生活境况，这些本身就是人们特别关注的焦点。加之三晋地域文化的许多方面，如三晋文化所孕育出的山西特有的民风民性、特有的文化价值的取向、特有的审美取向等，恰好在较大程度上适应了抗日战争形势的需要。稍为具体地说，山西民性中的质朴俭啬和毅武倔强等，正是抗战时期物质贫乏和斗争环境险恶的形势下所需要普遍提倡的重要文化精神；而且这种文化精神在其后一段时期内，仍是在"一穷二白"基础上建设国家时所需倡导的国民精神的主导方面。从文化价值取向看，三晋文化中的"崇实"精神、重实轻名、重利轻文的取向等与解放区的文化趋向也是相一致的。再看审美取向，山药蛋派作家的那种源于三晋文化中崇实精神的重实用、重实利、重本土的审美追求与抗战时期和中华人民共和国成立初期人民中普遍存在的民族精神、乡土情绪等又是非常合拍的。如此种种，才使山药蛋派这样一个以地域性文化为主要特征的流派得到了充分发展的历史机遇。但随着时代的推移和社会的发展，当山西地域文化从整体文化趋向的中心位置走向边缘地带时，以山西地域文化为主要特征的山药蛋派的继续发展也就变得十分困难。尽管有人出于善良的愿望，提出通过"改造"来发展山药蛋派的主张，但如果"改造"的结果是改变了作为流派的最主要的特征，那么该流派自身实际上就在这种"改造"中被消解了。可以说，地域文化在整体性文化趋向中的地位、命运，在一定程度上也决定了以该地域文化为特征的文学流派的确立、发展和消亡的命运。试图从地域文化的角度，通过具体研究以揭示出山药蛋派作为文学流派的历史命运，这也是我们研究的目的之一。

最后，我们需要特别指出的是，从地域文化的角度研究文学流派的主要依据是这一文学流派自身所具备的鲜明的地域文化特征。而且这一角度的选择，我们也只是视其为研究途径之一，并没有排斥或以此取代采用其他一切方式、方法和途径的研究的意思。对山药蛋派文学的研究我们也作如是观。

第二章　山药蛋派文学的成长土壤

当代作家康濯在评论山西作家时说过这样的话："山西的确早就形成了一个小说家群体"，这个群体的特点是"不断攀越着太行的峰巅，而又不断深入晋阳的黄土底层和汾水河底的泥沙下面"，从而使其作品"同时汇流而共有着一股山西味道和晋阳气息"。这段话用来概括山药蛋派文学的话，是再准确不过的了。读山药蛋派的作品，的确能感到有一股浓烈的"山西味道和晋阳气息"。这种"山西味道和晋阳气息"是这批作家从山西大地上的山、水、黄土、泥沙中生生地抠出来的。确切地说，山药蛋派作品中的"山西味道和晋阳气息"首先来自作品内容与山西独特的地理环境和地理条件的紧密联系。

第一节　山药蛋派敏锐的地理感

首先指出山药蛋派作品中所表现的内容具有地域的实指性，这是很重要的。按照通常的观念，文学是虚构，而如果要在一种虚构性极强的文学作品中界定出它所反映的生活内容的地域性特征，那不仅相当困难，而且极易误入牵强的泥淖。这种担忧，在面对山药蛋派文学作品时，可以释然。因为这些作品的虚构性相对较小，对生活内容的改造变形的幅度极低，也就是说，作品内容的地域实指性很强。在这样的作品中找寻地域性特征就不仅真正具有可能性，而且也较易避免堕入牵强一路。

山药蛋派作家多数谈到过自己近乎实录式的写作方式。赵树理就曾这样说过，他写作的"材料大部分是拾来的，而且往往是和材料走得碰了头，想不拾也躲不开"，于是便用这种拾来的材料连缀成作品。他举例说：

《小二黑结婚》中的二诸葛就是我父亲的缩影，兴旺、金旺就是我工作地区的旧渣滓；《李有才板话》中的老字辈和小字辈的人物就是我的邻里，而且有好多是朋友；我的叔父，正是被《李家庄的变迁》中六老爷的"八当十"高利贷逼得破了产的人……

其他作家也有类似的表述。西戎说他们写《吕梁英雄传》时，就是抱定了真实记录下吕梁山区抗日英雄们动人事迹的目的，"因此书中的主要人物，绝大多数是以生活中的真人为模特儿的"。马烽在谈及自己的名篇《三年早知道》时，更为明确地说：

这篇小说，基本上是按真人真事写的，……这是我比较熟悉的一个村子里的事情，赵满囤这个人，基本上是依据一个真人来写的，虽然他不姓赵，名字也不叫满囤，但作品中人物的性格、精神状态，大体上是按照这个真实的人来描绘的。小说中的基本情节，也和原来的事实大体相近。

马烽还曾说起过，他写作《金宝娘》《光棍汉》《村仇》等短篇小说的时候，材料也多来自他1947年春天参加土改时用日记记下的"一些农村生活"。很显然，这批作家写作的方式是注重实录，较少虚构，尤其是在对人们日常生活的描写中，注重展现其生活的原生态。当然，就整篇作品而言，他们有自己独特的构思，这种构思中会融入作家的某些思想、愿望和对现实的思考，但作为构成作品人物、情节的一个个小的细节单元或事件单元，常常是不加想象的现实生活的挪用。也就是说，他们绝不写"超出农民生活或想象之外的事件"。或用他们自己的话来说，"不是靠我的想象创造出来的"，而"只能'照猫画虎'"。这种对山西地区的人和发生的事的近乎实录式的"照猫画虎"，就使山药蛋派作品具有了很强的地域实指性。

山药蛋派作品的地域实指性，早就引起了有关研究者的注意，曾有人这样明确指出：赵树理的创作具有严格、准确的时空性，即故事的时间、地点都有明确的规定性，不可任意挪动搬迁，人物、情节都只能是此时此地的产物，而非彼时彼地所能有的。春华秋实，不乱其时，南橘北枳，难易其所。他的故事都有鲜明的时代特征和地方色彩。

正是这种时空的"明确规定性"使我们可以在这些作家的生活经历中找到与其作品中的人物、事件、地点、时间相对应的确证。关于人物、事件的确指性，山药蛋派作家本身就已有披露（如我们上面曾列举到的）；而地点和时间，则常常是在作品中直接点明的。细心的读者会感觉到山药蛋派作品往往在其开头先交代具体时间和地点（显示出一种纪实性文学的特点），时间有时具体到某年某月某日的某个时辰，地点则写明具体的某区某县某乡某村。有时地名虽为虚拟，但从其具有明确规定性的描述中，熟悉该地地理环境的人便也能看出它事实上是实写了何地。如赵树理的《三里湾》并没有直接点出作为生活原型的山西省平顺县西沟乡川底村，但"三里湾"这一名称本身却已多少说明了问题：川底村作为山区村庄，由西向东流经该村的一条小河中有三处河湾，而三处河湾之间的距离恰好是三里；而且"旗杆院"的旗杆也正是该村的景观之一。同时，关于"刀把地"，也确是该村实有，据川底村老农回忆："'刀把土地'有，我们村管那块地叫'东北根'。这块地下边有七八十亩地，从上边开渠引水浇下面的地，非通过它不可。"很明显，"三里湾"就是川底村。再如赵树理的《灵泉洞》，也曾有人根据作品中所描写的地形、地貌等特点，对其实际地点做出过考证：

>作者在书的开始就说灵泉洞"这事出在太行南端"。我认为它应该在山西省陵川县一带，邻近河南省的焦作和博爱市，因为这里高山环绕，形成太行山峡，道路曲折，古称"羊肠鸟道"。在沟壑纵横的大山中，像灵泉洞那样"分散着住在沟的两岸"的村庄，到处可见。而且陵川、晋城、阳城的地质状况很奇特，属于奥陶纪石灰岩。地下多泉眼和溶洞，具有喀斯特地质特征，会有像书中所描写的那些奇特的洞（在陵川、晋城、阳城一带的南山中多有这种地质特征）。

山药蛋派作品中具体内容的地域实指性为我们研究其作品与山西地域文化的关系提供了一个可靠的前提条件。

还需要指出的是，山药蛋派作家对于山西独特的地理条件有着特殊的敏感，即所谓有着较强的"地理感"。指出这一点同样是重要的，因为谈地域特点或地域文化，不能不首先从该地域特殊的地理环境和地理条件出发，所谓"山西味道""晋阳气息"，是系于山西地区特殊的地理环境——山、水、黄土、泥沙等之上的。

山药蛋派作家的地理感，可以从他们作品中所取用的地名上看出。对山药蛋派主要作品中的地名做一粗略的统计，我们便发现，除了诸如张家庄、李家庄、赵村、田村之类地名看不出地理特征外，大多数地名都与"山""沟""涧""坡""坪""湾""堡"等联系在一起。山西地区多山，于是便有以山为地名的，如阎家山、红沙岭、白云岗、西岭大队、王家山、冯家山等。有山必有坡和坪，与此相关的地名就有南坡庄、红土坡、坡底村、金斗坪、刘家坪、三角坪、柳树坪等。山多，山与山之间的沟、涧也多，于是以此为地名的便有黄沙沟、灵泉沟、玉沟村、东峪沟、东涧村、西涧村、三岔沟、南山沟、横沟等。山区地形复杂，河流中多河湾，与此相关的地名又有三里湾、田家湾、柴家湾、杏湾村等。上述地名，显示出多山的山西地区的鲜明的地理特点。在山药蛋派作品中还有许多与"堡"相联系的地名，如刘家堡、南堡村、牛家堡、马家堡、高家堡、前堡子、后堡子等。"堡"虽无明显的地理特征，但却有山西的地域特点。据有关方志记载，山西的许多地方"村皆有堡，十九不居人。因山者，多内有井，有碾，有窨室，大抵唐宋前所筑。……今皆废圮，亦昔人避乱之一法也"。山西历史上一直是军事要地，唐宋前此地战争尤多，固多有供避乱自卫之用的堡。以"堡"为地名，连接着地方历史遗迹，亦能显示出一种地域特点。

当然，山药蛋派作家的地理感绝非仅限于地名的取用上，他们更有一种对地理特点做描绘的极大兴趣。

山西省是一个山地丘陵辽阔、平地狭窄的省份，这与河北、河南有广阔平原的土地资源结构截然不同。而且山西省境内地表广泛覆盖着黄土，晋西黄土高原经长期流水冲刷，已成黄土残塬和丘陵沟壑地形；吕梁山以东、太行山以西，黄土虽沿低山缓坡、山麓地带、盆地两侧呈台地形式分布，但经长期流水切割，许多台地也已成破碎的黄土丘陵沟壑地形。由于黄土具有质地疏松、易溶的特点，所以山西地区水土流失较严重，土地中的肥分也不易保留，所以土地比较贫瘠。山药蛋派作品中描绘山西地域特点所涉及的中心意象不外乎"黄土丘陵""坡地""沟""河湾""土地贫瘠"等，这说明山药蛋派作家对山西的地貌特征和地理条件不仅有着敏锐的感觉，而且也把握得极其准确。一个地区特有的地貌特征和地理条件作为该地人的自然生存环境，势必影响到该地区人民生活的各个方面。这是一条理解山药蛋派作品的地域性特征的重要途径。

第二节　山药蛋派的"圪"字

我们在读山药蛋派作品时，发现有一个字出现的频率特别高，这个字就是"圪"。"圪"也许可以说是最具山西地域特征的方言用字之一。有关"圪"的来源以及它会广泛地渗透到各类词汇中去的原因，就目前的方言研究看，尚未有明确的结论，但这一地域性方言与山西地理特点之间显然是有联系的。"圪"的意思是"土丘""土岗"，而土丘、土岗遍布山西，正是我们前面提到的山西"黄土丘陵"地貌的显著特征之一。与土丘、土岗的遍布相对应，"圪"字大量渗透到山西人的各类日常生活用语之中，几乎无处不在，这是比较好理解的。我们感兴趣的是，为何在山药蛋派作品中"圪"字出现的频率会这么高？因为山药蛋派作家曾一再声称，自己是尽量避免使用方言词汇的，多用山西方言，别的地区、风土人情各异的读者群就会看不懂，所以最好不用，可是在他们的作品中却未能避开这个"圪"字。解释只有一条："圪"字与山西地域特征联系太紧密了，作家要准确地传达自己的意思，又要不失特有的"山西风味和晋阳气息"，几乎找不到能取代"圪"字的词汇了。

这个"圪"字与山西干旱少雨的地理环境有着密不可分的关系。

不管是形象的描绘，还是直语的叙述，作家描写干旱时的中心用语不外乎"干""旱""天旱""不下雨"等。从各作品所反映内容的时间来看，前后跨越数十年，而从地区来看，则遍及大半个山西省。也就是说，山药蛋派作品所反映的干旱问题，在山西不是一时一地的现象，而是一种较为恒久的、几乎无时无处不在的"天象"。山药蛋派作品对干旱现象的反反复复的描述和涉及，给人留下的对山西自然现象特征的总体性印象，与山西的实际情况是完全符合的。

山西地理条件特殊，地表水严重不足。该省省内的河川径流主要来源于自然降水，大多数为季节河。虽有几条较大的外流河，但因山西山区面积大，地形破碎，河道下切，耕地相对较高，而不利于灌溉（"山药蛋派"作品中所谓的"河槽比村里地势低"）。过去，山西农民耕种主要依赖自然降雨。但山西又是雨水量较少的省份，这与山西的地理位置和地理环境有关。山西地处中纬度，地势高，且距海较远，又受山脉屏障，海洋季风影响由东南向西北递减，因而干燥少雨，年降雨量少，且分布不均匀，与农作物需水期常不一致（这就是山药蛋派作品中反复写的"正需要水，老天爷却故意不下雨""庄稼正是要雨的时候，偏偏连一滴雨也没下过"等），这极易形成旱情。虽然山西南北地区略有区别，如对夏粮而言，北部旱情较重，对秋粮来说，南部旱情较重（山药蛋派作品中提到"夏伏缺雨"的，这多是写的山西中部偏南的地区的生活，而提到"春旱"的，则多是写的山西北部地区的生活），但就整体而言，可以说，普遍性的干旱是多年来山西人民避不开的自然灾害。早在明代曹尔祯的《横渠记》中就有这样的记载："三晋……山多，天寒地冷，十年旱常八九……"近年则有山西学者做过更为详细的统计：从1464年（明天顺末年）到1972年的508年中，山西省发生旱情303个年次，其中特大旱7个年次，大旱72个年次，特大旱周期为80年左右，大旱周期为11年，近50年大旱周期为5至6年。大旱年一般连续2至3年，特大旱年一般连续3至5年……

新中国成立后的28年中，就有24年发生程度不同的旱灾，仅1960年就因旱减产粮食9亿千克。总而言之，山西特殊的地理环境造成了山西自然灾害的特点。在山西境内，向来就有"十年九旱"之说，旱象成了山西人民无法回避的问题，它像一个巨大的阴影，长久地笼罩着山西大地，从而也深深地影响着山西人民的生存和生活方式。山药蛋派作家处于这样的生存环境中，他们深切地了解旱象对山西人民生活的意义和作用，因此，他们在作品中大量地描述这种旱象，不仅非常自然，而且也很有必要。

既然旱象是山西人民必须面对的重要生存环境，那么与其对应的，自然是山西人民在这种环境中艰难地求生存的状况。山药蛋派作品反映山西人民的生活，有许多正是从这方面展开的。

赵树理写于20世纪40年代的《开河渠》和写于20世纪50年代的《求雨》，内容大同小异，都表现了在旱灾面前的不同的求生存的方式。《求雨》中写的金斗坪村在土地改革后的这年夏天不幸遭遇旱灾，在灾害面前，出现了这样的奇观：一方面是多数人在挖土开渠，另一方面是不少人在龙王庙里开始了求雨的仪式。"开渠的开渠，求雨的求雨，谁也妨碍不了谁！"两边人数的消长随着开渠工程的进展程度而波动。最终是开渠成功，求雨的人员也都停止了求雨。作家在这里主要是通过两种求生存方式的对比，希望将人们从消极求生存（向神祈祷）引向积极求生存（以积极的方式如开渠等与自然抗争）的方式中去，但作品中写得有声有色的有关"求雨"的民俗是同样值得重视的。透过这一民俗，我们可以从一个较为深刻的层面上看到干旱这一自然灾害是如何深深影响山西人传统的生存、生活方式和心态的。作品一开头做了这样的介绍：

"龙王"在中国的旧传说中是会降雨的神圣之一（传说中这一系列的神圣还有好多位），所以经常遭受旱灾威胁的地方往往都建有龙王庙。

由于山西旱象特别严重，因此为求雨而建的庙宇特别多，除龙王庙外，同属于这一系列的，还有城隍庙、风伯雨师庙等。这些庙宇遍布山西各乡各村，求雨成了山西乡间的一种重要的传统。这里且举两则山西县志中关于求雨仪式的记载：

岁旱，设坛于城隍庙。先期，具公服诣庙，行二跪六叩首，礼毕，复跪拈阄，请某处龙神取水。传示乡民洒扫街道，禁止屠活命，各铺户、家户门首，供设龙神牌位、香案。每日辰、申二时，行香两次，乡老、僧众轮流跪香、讽经，典史监坛，礼房照料香烛。如是者，三日。得雨，谢降撤坛，派乡老送水。

凡遇旱请神，两村互为迎送，谓之"神亲"。或迎龙神，或迎狐大夫，或迎李卫公，或迎麻姑，或迎大小王。祷得雨，则将一庙之神俱请，谓之"请后神"。

赵树理《求雨》中写的金斗坪村的求雨仪式虽略有不同，但金斗坪村"求雨"的传统却同样也很久远，仪式也非常"正规"：

在解放以前，每逢天旱了的时候，金斗坪的人便集中在这庙里求雨。求雨的组织，是把全村一百来户人家每八人编成一班，轮流跪祷……第一班焚上香后，跪在地上等一炷香着完了，然后第二班接着焚香跪守……该不着上班的人，随便在一旁敲钟打鼓，希望引起龙王注意。这样周而复始地轮流着，直到下了雨为止。

这种解放前久已存在的"求雨"活动，解放后依然存在。《求雨》的中心意旨是为了通过开渠的成功来否定求雨这一迷信方式，但作者在不自觉中，却将这篇本来很短的小说中的绝大部分篇幅用在对"求雨"这一传统迷信方式的描述上。而从这种描述中我们看到了"旱象"在山西人民传统的生活习惯中有着怎样深刻的印记。即使是在新生活面前，人们久已养成的生活习惯和心理定式也还是很难一下子丢弃。作品中写到，开渠者并未特别谴责求雨者，前者甚至有人以一种同情宽怀的态度看待后者："叫人家求吧！能求得雨来不更好吗？"在开渠紧张时刻，不仅庙里一班人同时在相安无事地跪香求神，而且即使是"参加开渠的人，凡是和龙王有点感情的，在上下工的时候也绕到庙里磕个头"。而当开渠遇到困难时，"原来只在上下工的时候去磕个头的也正式编入跪香的班次"。这里固然反映了群众的迷信和不觉悟，但在难以抗拒的天灾面前，却很难过多谴责求生存者心灵的脆弱。不管作品的中心意旨如何，这一作品却在客观上展示了"求雨"这一传统生存方式。也许可以说，"求雨"在山西乡民的生活中与"干旱"的历史一样悠久。这甚至在山西的地名上留下了印记。如赵树理的《灵泉洞》中就有这样的记述："从前讲迷信的时候，每逢天旱，附近几十里的人们常到这里求雨，所以把这泉叫作灵泉。灵泉沟的名字就是这样来的。"尽管"求雨"活动是一种迷信活动，但这里却包含了山西乡民受制于天灾的生活历史的重要内容。

在旱象笼罩着的生存环境中，抗争能力极弱的山西村民除了求助于神灵之外还做了些什么呢？山药蛋派作品又为我们展现了旧社会另一种更为惨烈的景象，这就是旧社会盛行于乡间的、为抢水浇地而引发的械斗与村仇。西戎在《两涧之间》中这样描述道：

原来这两个社，住的是两个村，中间只隔一条小河，河东叫东涧村，河西叫西涧村。在旧社会那时候，东涧西涧每年都要闹好几次摩擦。两涧河这股不大的长流水，就是个闹事的根子，只要天一旱，因为浇地两村总要起纠纷。新社会成立了水利委员会，立下了合理的规章，村里仍少不了不按规章办事的人，浇地嚷架的事，总是不断有。

孙谦在《大红旗与小黑旗的故事》中也借主人公的口诉述：

往年间别说在旧社会啦，就是在合作化以前，亲兄弟和亲兄弟打架，同村人和同村人打架，本村人和外村人打架——我自己就和旭日村的人打过好几次群架。

马烽在《村仇》《谁可恶》等作品中则更充分地展现了因抗旱争水而引发的械斗，以及由此长期结成的怨仇。《村仇》写的是山西北部两个村庄因抢水浇地而械斗并结下村仇的故事。村仇之下，就连两村亲友之间也结下了难解的疙瘩。分处田村的田铁柱和赵庄的赵栓栓，两人原本是好朋友，又是连襟，可因为抢水械斗，造成了田铁柱砍死赵栓栓的儿子，赵栓栓将田铁柱砸成了拐子腿的结果。当然，作者在写这种村仇时，是试图从中找出阶级的根源，认为这是地主阶级的操纵与挑唆的结果。但不管怎么说，因抗旱抢水浇地而引发械斗在山西乡间是较为普遍的，而且并不总是因地主的挑唆操纵。因此，对于山西乡间曾普遍存在的抢水械斗，还应从山西人艰苦恶劣的生存环境中去寻找根源。在旱象笼罩之下，水对于该地区的人们来说，是比任何其他东西都看得更重的，这是生命之源，抢水对他们来说也许就意味着去分割、去争夺那份有限的生存权利。因此，我们并不想就抢水械斗这类事件做简单的道德评价。这里，我们要强调的是，山西地区特有的旱象如何深刻地影响着人们的生存和生活方式，也时时牵动着具有同一生存体验的作家的心。

对于干旱的刻骨铭心的记忆，使山药蛋派作家在作品中写出了一系列与此相关的悲剧和喜剧，也使他们意识到，对于翻身农民来说，也许在相当长的时间内面临的却依然是祖祖辈辈未竟的与大自然抗争的生存斗争。而具体到山西农民身上，则主要是解决干旱缺水的问题。于是，我们在中华人民共和国成立后山药蛋派的许多作品中发现，凡表现生产斗争的作品，多数还是离不开以抗旱为中心的或以抗旱为背景的种种事件。

在《求雨》中，我们已看到了作家所揭示的对于干旱的两种态度和方式，而事实所证明、所肯定的是修渠和打井一类的积极的方式。的确，这是唯一的出路。胡正也在《汾水长流》中借人物郭春海之口说出这样的话："有人说天旱是因为农业社得罪了老天爷，要农业社腾出大庙，叫大家耽误上生产祈雨，……祈雨就有雨了吗？还是大伙齐心协力抗旱吧！人定胜天。"这是带有宣言意味的，这既标示了山西村民在新生活面前的新的生活信念，同时也显示出作家对山西农民积极生存斗争方式的肯定态度。于是，我们在山药蛋派作品中读到了许多以打井、开渠、修水库等为中心事件或关联事件的故事。马烽的《我们村里的年轻人》和马烽、孙谦的《高山流水》《新来的县委书记》《几度风雪几度春》等电影文学剧本，几乎都是围绕修水库、修水渠这类中心事件展开情节的。《几度风雪几度春》一开场就向人们展现了这样一幅画面：

一条乱石河滩。北岸是北堡，南岸是南堡，两村遥遥相对。北堡支书云务本，领着干部和社员在整修渠道，引水浇地。南堡队长郎自忠在领着社员筑坝垫地……

作品中全部的人物、情节就是在这样的背景下展开的。在所有的山药蛋派作家中，大概要算马烽最热衷于这类修渠、打井、筑水库的题材了。这也许与马烽的童年经历有关，在《忆童年》一文中他就曾说起过，童年给他印象较深的记忆之一，是在村里看到旱灾来临时的人们的惊恐不安，他常常看到村民为抗旱争抢渠水以至引起械斗。可能正是有关"旱"的童年记忆使他并不满足于直接写出由抢水引发的"械斗"与"村仇"，而且还使他特别热衷于写更具积极性意义的抗旱斗争。他的小说《太阳刚刚出山》，是写修渠、打井搞灌溉；《五万苗红薯秧》故事的中心事件虽不是写抗旱，但作者在介绍人物时也未忘记告诉人们，主人公当社长"上任的第一炮就是发动群众开渠打井"。当然，打井、开渠、修水库之类的题材，在其他山药蛋派作家笔下也并不鲜见。西戎的《两涧之间》的整个情节都是围绕汲水抗旱展开的；胡正的《汾水长流》中，抗旱是作为重要的背景之一出现的；赵树理的《李家庄的变迁》中提及"三年大旱，李家庄互助大队开渠浇地，没有垮了"；《实干家潘永福》中更是将潘永福领导修建蒲浴水库作为重要事件来大写特写。所有这类题材的作品或这类描写，作家在其中所要张扬的，是一种团结抗争、人定胜天的精神，这表明了作家对人与特殊生存环境关系的新的认识。

总而言之，旱象构成了山西人独特的生存环境，求雨、抢水等消极抗争方式也好，筑渠、修水库等积极抗争方式也好，以普遍性而言，这都是或曾经是具有山西特征的求生存的方式。正是从这些与地域性地理条件、环境联系在一起的种种求生存的方式中，我们领略到了另一种意义上的山西味道和地方色彩。

第三节　受制于地理条件的日常生活

在山药蛋派作品中，浓烈的山西味道还常常来自作家对山西人的日常生活习惯和生活物事的描写。在这种生活习惯和物事的背后，我们又总能找到它们与山西特殊的地理条件的某种必然联系。

一、干旱缺水

干旱缺水这一山西特殊地理条件就曾对山西人生活习惯的形成产生过深刻的影响。不了解山西山区水的宝贵，我们有时就很难理解山药蛋派作品中的有关生活的描写。如在赵树理的《传家宝》中，写李成娘与金桂两代人之间的矛盾，李成娘看不惯金桂的几个"不顺眼"的举动之一是,"她洗一棵白菜,只用一碗水,金桂差不多就用半桶,她觉得太浪费"。李成娘常常愤愤道:"洗一棵白菜就用半桶水?我做一顿饭也用不了那么多!"因为儿媳多用了一点水而引发如此大的愤慨,这在一般人是很难理解的。然而,这摆到缺水的山区,却又有它的合理性。类似的描写在孙谦《伤疤的故事》中也出现过:"小凤正在安安静静地洗锅,我嫂子突然夺下小凤手里的锅刷,一下子把它扔了好远,然后咒骂起来:'洗锅还放那么多水,你怕穷不了?'……"虽然作品中嫂子的发火还另有原因,但洗锅多用水之所以能够成为嫂子发火的借口,总还能说明山区人对水的珍惜。正是长期对于缺水的恐慌,养成了山区一代代人对水的珍惜,而这种习性一旦养成,即使在缺水状况有所改变后仍一时难以改变。作家对此的把握是很细腻而准确的。因为作家也曾生活于同样的环境中,节约用水的习性在他们身上也同样存在。有人曾回忆过赵树理的这样一种生活习惯:穿衣服,"是买一件衬衣穿脏了,挂起来,再买一件,挂个十来件,然后再从头穿起。穿得不能再穿了,才扔掉"。如何解释赵树理的这一生活习惯?说是懒吧,这不合乎赵树理一贯的性格。这里只有一种解释:山区缺水,一般洗衣服都不勤;也许正是因为从小生活于缺水的生活环境中,才使赵树理养成了少洗或不洗衣服的生活习惯。

山西地区的地表水严重不足,受制于这一自然条件,山西的水产业一向不发达。在过去,山西许多地方根本见不着鱼,因此那里的人也很少有会做鱼的。

二、饮食结构

一个地区的人们的生活习惯和饮食结构,受制于该地的地理条件,这是不言而喻的,尤其是在自给自足的相对闭塞的乡村社会表现得更加明显。在山西地区,特殊的地理条件,首先就决定了农作物的种属结构。山西冬季长而寒冷干燥,夏天短而炎热,加之山西地区以干旱天气为主,因此就决定了该地区的农作物只能是高秆旱作物。从山西传统农业结构来看,基本粮食生产是以高粱、玉米、谷子、小麦、莜麦、山药蛋等为主的。农作物种属结构当然也就决定了饮食结构。所以,在山西地方志中早就有这样的记载:"饮食,麦为大宗,谷黍次之,罕食稻米……"我们在山药蛋派作品中,常常遇到的一些食事描写是很有地方特色的,这种特色既显示了来自饮食结构中所包含的山西地理条件的影响,即饮食结构受制于农作物种属结构;同时,这种地方特色又来自山西人长期形成的一整套饮食方式。如谷子是山西人常吃的主要食物之一,做饭、熬粥都有一整套程序。《小二黑结婚》中有这么一段描写:金旺他爹出去小便,三仙姑趁空向小芹说:"快去捞饭!米烂了!"这句话却不料就叫金旺他爹听见,回去就传开了。后来有些好开玩笑的人,见了三仙姑就故意问别人:"米烂了没有?"

何为"米烂了"?生活在别的地区的人可能一下子听不明白。山西盛产谷子,当地人喜欢吃小米捞饭,制作小米捞饭的方法是,先将水烧开,把米下锅稍煮,掌握一定的火候,然后把米捞出放在笼上蒸熟,即成小米干饭。如果火候不对,把米煮烂,成了糊糊状,米就捞不起来了。三仙姑虽在下神,心事却在锅里煮着的小米上,担心煮烂了。这才成了一种笑料。赵树理在《灵泉洞》中还曾描写了一支"中央军"在山西闹的笑话:

要出发的部队,就是铁栓他们院里驻扎的一个排,这时候都正端着碗吃饭。他们吃的饭很奇怪,一半榆叶一半米,米没有碾细,总还有三分之一是谷子,大家都说伙夫不会做饭,顿顿吃生米,其实他们不懂得谷子要不碾成米,就是煮一天,吃起来也还是这个样子。小胖看了看他们碗里吃的东西,向铁栓笑了笑。

谷子与山西人生活的联系的确很紧密,赵树理的《李有才板话》中还曾写了正月二十五添仓节,家家吃黍米糕的习俗。黍米也是谷子的一种,亦称黏黄米。赵树理有着山西人对谷子所具有的特殊的感情,他甚至专作快板诗《谷子好》,赞谷子的长处:"抗旱抗风又抗雹;有时旱得焦了梢,一场透雨又活了;狂风暴雨满地倒,太阳一晒起来了;冰雹打地披了毛,秀出穗来还不小。"也就是说,谷子的生长与山西的土壤特性和地理条件十分相宜。同时,谷子还有耐吃、耐饥、制作方法多等优点:"吃得香,费得少,你要能吃一斤面,半斤小米管你饱;爱稀你就熬稀粥,爱干就把捞饭捞;磨成糊糊摊煎饼,满身窟窿赛面包。"这种对谷子的兴趣,实际上也表现了作者植根于山西乡土的地方情趣。

由于山西土地贫瘠,一般农民过去生活都非常贫困,因此对他们来说,谷子也不是碗里常有之物,他们主要是靠其他杂粮以及榆叶、苦菜度日,山药蛋派许多作品中常写的"饸饹"(亦写作"河漏")就是一种杂粮面食,还有所谓"黄蒸"也是杂粮做成的窝窝头。再有所谓榆叶、榆皮面、苦菜等,虽不是正经粮食,但却是饥荒中的农民所离不开的食物,尤其是榆叶与榆皮面,是很有山西地方色彩的。从山西县志有关的记载来看,食榆叶和榆皮面在山西一些地区是有传统的:谷雨以后,农人种谷,榆荚青,苦菜秀。榆荚和米粉作饵蒸成块,俗作"榆钱傀儡",软美可食。榆树皮磨面,和糠秕作茣,可以济荒。

山药蛋派作品中常出现的诸如"榆叶粥""榆皮面汤""榆叶栖焖"等与上述记载是一致的。

在山药蛋派作品的食事描写中，具有地方特色同时也最富社会性内涵的，当推赵树理笔下有关"烙饼"的描写。在山西有些地区，"烙饼"是一种特殊之物。"吃烙饼"有时可以用于社会交往、民间结义的仪式中，如《盘龙峪》第一章中，春生几个青年结拜兄弟，就是通过吃烙饼来进行的。"吃烙饼"有时是贫富阶层的等级标志，如《李有才板话》中写的："模范不模范，从西往东看；西头吃烙饼，东头喝稀饭。"有时，吃烙饼还代表了某种特权，甚至成为某种社会地位和社会身份的象征：

小顺道："你笑什么？得贵的好事多着哩！那是我们村里有名的吃烙饼干部。"小福的表兄道："还是个干部啦？"小顺道："农会主席！官也不小。"小福的表兄道："怎么说是吃烙饼干部？"小顺说："这村跟别处不同：谁有个事到村公所说说，先得十几斤面五斤猪肉，在场的每人一斤面烙饼、一大碗菜，吃了才说理。得贵领一份烙饼，总得把每一张烙饼都挑过。"……

……

……他才一出门，小顺抢着道："吃烙饼去吧！"小元道："吃屁吧！章工作员还在这里住着啦，饼恐怕烙不成！"（《李有才板话》）

"吃烙饼"在这里简直相当于在有些地区人们所谓的"吃香的喝辣的"，这是一种特权和身份的象征，但在群众口中却蕴含讥讽。当人们称谁是"吃烙饼干部"时，其中包含的讽刺大概也正相当于当今人们所谓的"吃喝干部""烟酒干部"之类。这里，我们所关注的是，为什么区区烙饼，能被人们如此看重！这或许还应该从地域特点来看。在山西相对贫困的地区，"烙饼"的确算是一种奢侈品。烙饼不仅费面，且还要用油；加之在有些地区（如晋东南）因小麦产量不高而较少种植，面粉更显宝贵。所以，平民百姓家固然难得吃上烙饼，即使大户人家也很少开戒，仅只"烙饼间以待客"。作为"待客"的延伸，要请有身份的人帮助说理、判定曲直是非，也得请吃烙饼，这似乎也成了一种乡俗。赵树理在《李家庄的变迁》中曾对此做过具体的描述：

从前没有村公所的时候，村里人有了事请社首说理。说的时候不论是社首、原被事主、证人、庙管、帮忙，每人吃一个面烙饼，赶到说完了，原被事主，有理的摊四成，没理的摊六成。"民国"以来，又成立了村公所；后来阎锡山巧立名目，又成立了息讼会，不论怎样改，在李家庄只是旧规添上新规，在说理方面，只是烙饼增加了几份——除社首、事主、证人、帮忙以外，再加上村主任副、闾邻长、调解员等每人一份。

三、居民式样

靠崖窑是山西山区和丘陵地带常见的一种窑洞。建造靠崖窑除了利用现成的沟坎断崖外，更多的是将山坡（土坡）垂直削齐，形成人造崖面，然后向内横挖洞穴，平面呈长方形，顶为拱券形，洞口安装木制门窗。从《李有才板话》中有关"场子就在窑顶上"和"地势看来也还平"的描写中可以看出，大槐树下那二三十孔窑当是在接近坡顶平面的斜坡上，由人工垂直削成崖面，然后横挖成的。玉梅家的窑也是在人造崖面上挖掘成的：作品中写她先通过了一条街，然后"上了个小坡，便到了她自己家门口"，而且"家靠着西山根"，"靠着西山根"说明这是"靠崖窑"，而"上了个小坡"则说明是在缓坡上，显然不可能是自然崖面，只能是人工削成的崖面。但玉梅家的窑与李有才的窑不太相同，应属于另一种类型。"靠崖窑本来是以单个或成排的窑洞为基本形式的，近世又有将靠崖窑与北方传统的四合院结合在一起的靠崖窑，即在山坡上修一排窑洞，然后在两侧窑洞前侧向建造厢房，成院落，并修筑院门。建造这样的窑院需要在比较平缓的坡地上，再将土坡上削下来的土及挖窑洞的土填到前面的坡地上，形成院落平台，两侧的厢房因无山坡可依，需要用砖石砌造。"从《三里湾》的具体描述来看，玉梅家的窑也正属于这种与四合院结合在一起的靠崖窑。而"长烟袋"的窑与上述两种则又有不同，可能是一种"锢窑"。锢窑不同于穴土之窑，是一种在平地上直接用砖、石砌造而成的窑形建筑。"锢窑的建造是先砌出房间的侧墙，上部以拱券的形式结顶，再将后部用砖封堵，前面建造门窗。锢窑可以建成一间或并列数间，也可组成院落，即锢窑院。"从《"长烟袋"》的描写中可以看出，"长烟袋"的院子是在一块"高塌上"，且四周都有围墙，还分前院和后院，因而不可能是靠崖横挖的土窑，只能是"锢窑"。

"窑洞"在山西有着悠久的历史，可以说是山西民居的一个重要特色，对此，旧县志中多有记载：

东山住宅，旧多砖石之窑孔，平川住屋，旧系瓦房，而今亦有用砖石卷窑。西乡半穴土而居，或砌砖如窑状，不则朴斫数椽，蔽风雨而已。惟富室大家，窑房之外，复构瓦房，窑房上或更为楼。村依土崖者，窟室为多。东北二原，又有所谓下跌院子者，掘地为大方坑，四面挖窑，居人于院隅，掘干井以沉水，以坡上达平地各村。

民居皆穿土为窑，有曲折而入，如层楼复室者。每过一村，自远视之，短垣疏牖，高下数层，缝裳捆屦，历历可数。坡之高者，路峭而窄，老翁驱犊，少妇汲水，登降其捷，殊不以为苦。平地亦多叠砖为窑。

从上述旧县志的记述来看，窑洞简直成了山西地区重要而又神奇的自然景观与人文景观。其实，对筑窑而居的山西人而言，他们选择"窑"作为民居形式，实际上是受制于山西特定的地理条件。山西平地少，可耕种土地十分宝贵，而窑洞主要是利用地下空间，不占用可耕地。而山西地区黄土覆盖面积大，气候干燥，又为穴土而居提供了便利。再者，山西地区因干燥少雨，森林资源缺乏，木料在山西许多地方都非常金贵（这一点在孙谦《南山的灯》和西戎《盖马棚》等作品中都有反映）。因此，购置木料建造砖木结构的居室，对于大多数劳动人民来说是一件很困难的事。而筑窑洞，既可节省木料，又省工省时，且非常牢固耐用。这些，都在一些旧县志中被反复提到过，如《闻喜县志》中认为，窑居者多，是因为"所砌之窑，固而耐久，亦足见古时木材贵，而人工贱也"；《隰州志》中认为，"民古皆穿土为窑，工费甚省，久者可支百年"，而平地"叠砖为窑"，则是因为"山木难购"。窑洞还是在山西特殊气候条件下求生存的一种较好选择：山西冬季长而寒冷，夏季短而炎热，春季日温差大，风沙盛行，秋季降温迅速；而窑洞恒温性能好，较适应剧冷、剧热、温度变化大等气候条件。正如一些县志中所云"窑中夏冷冬暖也""地高僻静，空气新鲜，适合于卫生"。正因为如此，有些地区即使"木料不缺"，却仍"有以砖砌窑房，或穴土为窑而栖止者"。毫无疑问，窑居作为山西民居的重要形式，它承载着山西的自然条件和人文历史的内容。因此，在山药蛋派作品中，不管是对窑洞做详细的描述，或是仅作为一种环境、场景点到即止，只要它出现在作品中，总还是能构成一种地域性氛围，能在无形中增添作品内容的地域色彩的。

综上所述，由于山药蛋派作家对描写山西地域性物与事有着浓厚的兴趣，而且在描述中抱着拘实的态度，这就使他们的作品内容始终与山西地域保有联系；又由于这批作家总能非常敏锐、准确地抓住那些与山西地理条件最紧密联系在一起的物与事，因而他们作品中的山西地方色彩就格外浓烈。所谓的山药蛋派作品的"山西味道和晋阳气息"当首先是由此生出的，这从我们上述举证和分析中是能够明显感觉到的。当然，绝不仅止于此。

第三章　山药蛋派文学反映的民风民性

真正作为地域文化精髓的，应是一种属于该地所独有的地域精神。这种地域精神不是什么纯抽象的东西，它的表现形态主要是该地人们的言行举止中体现出的独特的民风民性。因此，谈山药蛋派与三晋文化的关系，自然不能止于一般的物质生活层面，还应从民风民性的特征方面去加以把握。

民风民性与特殊的地理环境有着密切的联系。《世说新语》中有这么一段记载：

王武子、孙子荆各言其土地人物之美。王云："其地坦而平，其水淡而清，其人廉且贞。"孙云："其山嶵巍以嵯峨，其水（水甲）渫而扬波，其人磊砢而英多。"

王武子是太原晋阳人，孙子荆是太原中都人。他们对山西这两个地区的山水和民性特点的概括是否准确，且不去管它，这里所关注的是这种将山水与民性联系起来的品评方式。在诸多有关记载山西民性特点的史籍、方志中，我们发现了类似的情况，谈民性，多先涉及地理环境的特点，这在后面的大量征引中就能看出。也许，山西就这么独特：要谈山西地区的民风民性，的确离不开对山西地区山水特性的把握。《山西通志》云：

夫风气刚柔，系乎水土，民俗醇漓，本乎政教。去古日远，变迁既多，郡县有更革，人民有移徙。陈晋故者，必例以唐虞三代之旧，固非通论，要其耕凿相安而务为勤俭，历数千年而莫之或改，又未尝非地气使之然也。

这段话包含了《山西通志》纂修者对山西地域文化的理解。

在他们看来，因为时代在不断地变化，物事也随之而兴废，因此，要想把握地域文化，仅靠援引以往旧例可能难以说明问题；而唯有"系乎水土"的"风气""地气"使之然的民性，才是相对恒久而牢靠的"历数千年莫之或改"的东西。这告诉我们，从民风民性方面去把握三晋地域文化的特点，是一条较为可靠的途径；同时，在分析、理解民风民性的特点时，又要充分注意到它与特定地域的"水土""地气"的密切关系。

第一节　重利轻名

西戎曾在一篇文章中谈道："山西土地贫瘠，文化落后，人民生活十分寒苦，但山里人待人憨厚热情，他们生活很苦，总要做最好的饮食给你吃，借来新媳妇的被子给你盖，夜晚盘腿坐在热炕上围灯谈心，把最知心的话儿说给你听。"这里道出了山西农民身上的敦厚质实的特点。

所谓敦厚质实，一是指为人方面的诚恳、质朴、厚道，一是指为事方面的务实。有关前者，方志记载中多以"质朴""敦厚不华""性质""淳朴""朴实""朴直""质直""忠厚""性醇""简素朴野""朴鲁少伪"等字样出现，概括地讲，就是诚恳、质朴、厚道的意思。在山药蛋派作品中，我们可以明显发现那些本色农民身上大都具有这一特点。

赵树理《李有才板话》中所写的"小"字辈农民就是如此。小元受恒元、广聚等人整治，被派往县里受训，小元家中有一老母无人养活，于是"小"字辈们伸出了援助之手：

小明见邻居们有点事，最能热心帮助。他见小元他娘哀求也无效，就去找小保、小顺一干人来想办法。小保道："我看人家既是有计划的，说好话也无用。依我说就真当了兵也不是坏事，大家在一处不错，谁还不能帮一把忙？咱大家可以招呼他娘几天。"小明向小元道："你放心吧！也没有多余的事！烧柴吃水，一个人能费多少，你那三亩地，到了忙的时候一个人抽晌工夫就给你捎带了！"

这一番对话，显出了本色农民诚恳待人、质朴善良的特点。当小元成了武委会主任，受恒元、广聚利用，反来欺侮过去的同伴，后来随恒元的倒台而受窘时，大家一方面批评他的"忘了本分"，另一方面在小元认错后又给予原谅，显示出了一种厚道。你得势时不巴结逢迎你，你失势时不落井下石，而你患难时则尽力帮助你，这就是山西本色农民的特点。这与二十世纪二三十年代一些作家笔下所写的沿海地区农民有很大差异。如王鲁彦的《黄金》中所写的陈四桥人，他们在如史伯伯的遭遇中显示出的见人有钱有势时便百般恭维、见人无钱失势时便冷落歧视、见人患难时便幸灾乐祸的乡风世俗，即鲁迅所谓的"世态炎凉"，在山药蛋派作家笔下是无论如何也很难找到的。

胡正《奇婚记》中的黄玉喜，在显示其诚恳、质朴、厚道等秉性方面，也是比较典型的。黄玉喜年过28尚未娶亲，在去二姨庄上请二姨帮助说亲的时候，恰遇二姨村上的郭秀妮遭难：郭秀妮因提意见得罪公社书记而挨整，公社书记强逼郭秀妮与丈夫离婚外嫁他乡，否则难保其命。为救人命，黄玉喜同意将郭秀妮"要"走，将其保护起来，不惜耽误自己。用他自己的话说："既然遇上你这事了，我能忍心看着不管？救人要救到底！我要不挂上这么个幌子，怎么能掩住你！"这种牺牲自己的名声勇于救人的品行，正是山西本色农民那种诚恳、厚道、质朴秉性的集中体现。这与鲁迅《明天》中所写的情景也构成了鲜明的对照。《明天》中的单四嫂子的儿子死了，单四嫂子处于极度的悲痛之中，周围的人却借着帮忙料理丧事来揩她的油："凡是动过手开过口的人都吃了饭"，一吃完饭便"不觉都显出要回家的颜色"。就这样，单四嫂子在失去儿子后，又不得不将耳环、银簪、板凳、衣服都抵押掉，落个人财两空。在单四嫂子的生活氛围中所缺少的正是那种诚恳、质朴和厚道。曾有人指出，《明天》和《催粮差》中写到的地区民情风气之别有力地证明了地理环境对人物性格的影响。这一观点是很有见地的。赵树理《催粮差》中所写的红沙岭这个山庄的民风民性，大不同于《明天》中所写到的鲁镇。红沙岭的乡民们，面对孙甲午遭难的情形，群体相帮，表现了同情和关心的热情，而当孙甲午在事后"准备请大家都吃一些"时，大家却以"小家人吃不住这样破费"而谢绝了。这与《明天》中表现的"趁祸打劫"的民风民性的差异，的确是包蕴了不同的地域文化氛围。

在山药蛋派作品中，像阎家山的"小"字辈、黄玉喜、红沙岭的乡民们这样的人物或群体，是并不鲜见的。赵树理《邪不压正》中，聚财家有事，前来帮忙、舍挂面而吃河落的乡亲们；《灵泉洞》中互相拉扯、共渡难关的村民们；马烽《难忘的人》中不留姓名、救过无数人命的白万福老汉；西戎《我掉了队后》中掩护过"我"的老大爷；《行医事件》中"善门难开，善门难闭"的牛先生；孙谦《南山的灯》中拆自家房子捐椽条做电话杆的冯在山等，都无不体现出了本色山西农民的那种诚恳、质朴、厚道的特点。

如果单就"质朴"这一特点而言，也许并不局限于山西人民的民性之中，而是整个中国农民的特性，如鲁迅就曾称阿Q"有农民式的质朴"。但山西农民的质朴自有自己的特点，这是一种与厚道、诚恳联系在一起的质朴。曾有许多研究者关注过赵树理笔下的福贵与鲁迅笔下的阿Q这两个人物形象的异同，其实，这种异同很可以从秉性上来做考察。阿Q固然有其质朴的一面，但却缺少诚恳和厚道。阿Q受了别人的欺侮，会转过来又欺侮更弱小者。而福贵在遭受不幸和苦难时却总是尽量自己一个人担当起来，"不愿叫老婆孩子跟他受累"，

"他有了钱也常买些好东西给银花跟孩子们吃，输了钱任凭饿几天也不回来剥削银花"。阿Q和福贵都偷过东西、赌博过，但阿Q却从来不以为然；而福贵却能非常诚恳地承认"赌博、偷人、当王八……什么事我都干！我知道我的错"。与阿Q相比，福贵确实多了一份厚道与诚恳。有人曾将阿Q的缺少诚恳和厚道归结为他的"流浪农民"的特殊身份，是因流浪而"沾了些游手之徒的狡猾"。然而，就身份而言，福贵也是一个流浪农民。因此，二人秉性上的差异，其根源似乎主要不在身份，而在于地方民性，福贵身上较多地体现的是山西农民的特性。曾有研究者提出过这样一个有趣的现象：鲁迅写了阿Q，别的地区别的阶级的人也都来认，因为这形象达到高度的典型化。赵树理的作品如果拿到山西之外，来认的人并不会多。但在他的故乡，在他的生活根据地，来认的人很多。就是因为他的故事接近生活原型，因而为原型所在地的人们所熟悉。这里，从文学创作对原型的超越（高度典型化）和对原型的贴近这一角度来看二者的区别，是很准确的。对这一现象还可以从作品人物形象对地域性的超越和对地域性的贴近这个角度来看。如果说阿Q所具有的高度典型性，主要来自这个形象对各地区、各阶层人们的某些精神共性的高度概括，那么，这种概括本身就是超越具体空间的，因此，若是硬要给阿Q贴上浙东地域特点的标签，显然是不准确的；但是，山药蛋派作家笔下的人物，却由于贴近具体的空间，因而较易被特定的地域（山西地区）中的人所熟悉、认同，如果超出该地域空间，自然难以被指认。正是在这个意义上，我们认为，山药蛋派才是地地道道的乡土派作家。

所谓"敦厚质实"，除了指山西本色农民在待人方面所表现出的质朴、诚恳、厚道等特点外，还包括在为事方面所表现出的"务实"的特性。我们前引方志中所出现的诸如"务实勤业""多质少文""敦行务实"等也就是务实的意思。山药蛋派作品中的本色农民就都很务实。

所谓务实，有种种表现形态。马烽《一篇特写》中写的周英和王冬梅这两个人物，在她们身上务实表现为求真求实、重事实、反虚假的特性。周英原在地方上做实际的群众工作，初被调到报社做记者时颇为苦恼："她不喜欢这种职业，对记者印象也不好。她觉得别人都是守在自己的岗位上，踏踏实实地工作，而记者却是摇来摆去，站在一旁评头论脚。"这虽是对记者工作的误解，但却折射出她自身的那种务实的秉性。当记者后，她注重实际调查，在报道"王冬梅创亩产记录的模范事迹"时，亲自走访、实地检测，从而揭开了这起弄虚作假的事件。作为当事者的王冬梅，也有着山西农民那种本色的务实秉性，她凭实干争得了县劳模的称号，当少数干部为"放卫星"将她拖入一起虚报亩产数以制造"模范"新闻的事件中时,她一方面表现出了对实干得来的荣誉的珍惜,另一方面又为别人作假强按给她的"荣誉"感到羞辱,她毅然写信向上级揭发,同时协助周英弄清了事实真相。这种求真求实的秉性无疑是"务实"范畴内的重要表现,但更为普遍的是,"务实"在山西农民身上主要表现为重实际、重实干、反虚饰的特点。《李有才板话》中,那些"小"字辈农民对章工作员的评价,就很能体现这一点。"小"字辈农民将章工作员开会做报告戏称为"讲话会":"不论什么会,他在开头总要讲几句'重要性'啦,'什么的意义及价值'啦"等。这种议论表明了他们的某种价值观念:对他们来说,特别能引起兴趣而且比较关注的是能看得见摸得着的东西,是能解决实际问题的见解,而对远离眼前实际利益的东西,诸如长篇大论的报告、过于理论化的"大"道理等则是非常反感的。

《李家庄的变迁》中王安福老汉与小常的一段对话也是很有代表性的。王安福问起抗战的局面来,小常向王老汉介绍了抗战形势以及共产党的主张、行动和奋斗目标等,介绍中举了许多实例,却没有摆弄什么大道理,王安福受了感动,他说道:

不过建设那样个社会不是件容易事,我老汉见不上了,咱们且谈眼前的吧,眼看鬼子就打到这里来了,第一要紧的自然是救国。我老汉也是个中国人,自然也该尽一分力。不过我老汉是主张干实事的,前些时候也见些宣传救国的人,不论他说得怎么漂亮,我一看人不对,就不愿去理他,知道他不过说说算了。你先生一来,我觉着跟他们不同,听了你的话,觉着没有一句不是干实事的话。要是不嫌我老汉老病无能,我也想加入你们的牺盟会尽一点力量,虽然不济大事,总也许比没有强一点。

对本色农民来说,最能拨动他们心弦的是干实事,王安福的这段话中充分体现了"多质少文""敦行务实"的精神。

农民是很实际的,他们从与土地的联系中得出的经验就是"一分耕耘,一分收获",不实干无以收获,也就无以果腹。西戎《春牛妈》中李长兴的话说到了点子上,反正当农民总得种地,天上掉不下粮食来。重实际、尚实干,这在农民绝不是什么外在强加的,而是一种与生存相伴随的东西。因此,能否实干也必然是农民品评人物的重要尺度。"小"字辈们评论章工作员,王安福老汉能为小常的话所打动,其中都暗含着这一评价标准。这在《福贵》中也有体现:村里的人最初对福贵的称赞和后来对福贵的嫌弃,其中也都是依据的这一标准。人们称赞福贵时,是因为"福贵是个好孩子,精干、漂亮,十二三岁就学得锄苗"。而后来因为他离开了"务实勤业"的正道,于是便"在村里比狗屎还臭"。老实的庄户人未能去深究福贵堕落的社会根源，这自然是一种局限，但这种从直观感觉做出的评判中却包含了本于"务实"的价值取向。

重实际、尚实干，这显然是农民的普遍特点，但就其程度等方面来看，肯定是有地域差异的。以《阿Q正传》为例，作品中也写了阿Q的"真能干"，但阿Q并没有像福贵那样因此而受到周围人的由衷的尊重和赞扬；而当阿Q离开了"务实勤业"之道并去行窃时，他也未像福贵那样因此而遭到嫌弃，相反还因为"能偷"而获得了周围人的某种钦羡。福贵和阿Q所处的不同价值评判氛围，可以使我们看到，山西本色农民重实际、尚实干的程度更甚一些。

在山药蛋派作品中，有大批以实干为主要特征的人物形象，在这些形象身上，山西农民那种近乎天性的实干精神被表现到了一种极致。赵树理《套不住的手》中通过对老农民陈秉正的"手的历史"的描述，写出了他基于本能的实干秉性。作品反复描写着这双奇特的手：

只见那两只手确实和一般人的手不同：手掌好像四方的，指头粗而短，而且每一根指头都展不直，里外都是茧皮，圆圆的指头肚儿都像半个蚕茧上安了个指甲，整个看来真像用树枝做成的小耙子。……

…… ……

……他这双手不但坚硬，而且灵巧。他爱编织，常用荆条编成各色各样的生产用具，也会用高粱秆子编各色各样的儿童玩具。当他编生产用具的时候，破荆条不用那个牛角塞子，只用把荆条分作三股，把食指塞在中间当塞子，吱吱吱……就破开了，而他的手皮一点也磨不伤；可是他做起细活计来，细得真想不到是用这两只手做成的。

这双奇特的手，记录着实干者的历史。从这双手的特点和功能看，这双手几乎就是为了实干的需要而发育生长的，它在某种程度上成了实干精神的象征。当作品反复强调这双手是如何"套不住"时，已经赋予这双手以新的含义："实干"与这双手一样与生俱来，早已是陈秉正老人生命的一个组成部分。在作者看来，实干对本色山西农民来说，是一种天性，是融于其生命本能中的，因而不能用外加的某种思想性行为来加以解释。

《实干家潘永福》中，继续强调了这一点。作品认为，潘永福这个人物参加革命工作20多年，干了许多不平常的事，其根源却主要在于他那实干的精神。这正是他的品格高超处，很明显，作者虽然并未排斥实干精神形成中的后天培养、教育的因素，但作品中所强调的却是他的"习以为常"和"打短工时代"的基础。作者似乎很反对给这种本属于农民秉性的实干精神贴上某种神话化的思想行为的标签，所以在作品中再次强调道："正因为潘永福同志是这样一个苦干实干的干部""群众都十分喜爱他,到处传颂着他的一些出格的故事,有人加枝添叶地把一些故事神话化。在潘永福同志自己,却不曾有过丝毫居功的表现,平常在办公之余,仍然和区公所的同志们扛着锄头或挑着粪桶,去种他们机关开垦的小块荒地,和打短工时代的潘永福的神情没有什么区别"。实干精神并没有随人的身份地位的变化而变化,这也许正因为它是深埋于本能中的相对稳定的因素。

当然,务实不等同于实干。如果仅止于实干,那就很难说是体现了务实的精髓。在山药蛋派作品中,我们看到有许多农民形象是属于二诸葛和老秦那样终年在地里苦干、"死受"的,这些人不可不谓是"实干"者,但在这种实干中似乎还缺少点儿什么。我们发现,在山西民性中,"务实"更具意义的,是在重实际、尚实干的特点中融入了"实利"的因素。重实际、尚实干与讲实利结合在一起,这才更能显示出山西农民的务实的特点。我们上面所举的潘永福就是比较典型的例子,他在苦干、实干的同时,又无时无刻不考虑着实利。作品列举了潘永福三件实干的例子,作者是这样来概括这三个例子的:

以上三个例子,看来好像平常,不过是个实利主义,其实经营生产最基本的目的就是"实"利,最要不得的作风就是只摆花样让人看,而不顾"实"利。潘永福同志所着手经营过的与生产有关的事,没有一个关节不是从"实"利出发的,而且凡与"实"利略有抵触,绝不会被他纵容过去。这是从他的实干精神发展来的,而且在他领导别人干的时候,自己始终也不放弃实干。

可见,讲实利是由重实干发展而来的,而讲实利又并不放弃实干,实干与实利是交织融合在一起存在于山西民性之中的。

马烽《四访孙玉厚》中的老农孙玉厚也是如此。孙玉厚也是一个典型的实干家,他当过农会主任,"领导群众斗地主闹翻身,没明没夜地工作,从来没说过一句累";解放战争中亲自带着担架队支前,风里雨里"没歇过一天";解放后领导群众生产,从未停止过劳作。但孙玉厚这个人物形象更具意义的是他的注重实际、注重"实"利。他从农村的实际出发,从农民的"实"利出发,敢于抗上,敢于顶风。"他不懂得多少高深的理论,然而他有一颗纯洁正直的良心",为了维护农民的实际利益,以至于连老命也搭上了。作品在揭示孙玉厚的务实特点时,着重写了三件事。第一件是反对召开毫无效益的"务虚会"。他公然指斥那些上面来的不断开会、不断催要各种统计材料的干部们:"干部来了不开会还有什么事做?""白天在家里睡觉,晚上熬老百姓的眼。一开就是小半夜,说来说去就那么几句话:'要努力生产啊!现在要抓紧下种,春天种不上秋天就打不下!'这不是淡话!开这号会有甚用?""不开会就是要统计材料：'有多少怀娃娃的妇女？有多少妇女月经不调？谁知道啊，再说你们要这些材料有甚用处？给你们提过多少次意见了，没人搭理，你们这不是没事找事，故意给老百姓添麻烦！"第二件是反对不切实际、不顾农民利益的"转社"。上面要他们立即由初级社转高级社，孙玉厚断然拒绝："要我们立刻转高级社咧！老天爷！群众还没有这么高的觉悟，社里还没有多少公共积累，乍一取消了土地分红，没劳力的户怎么过呀？他要把我们培养成全县的旗帜，我说：'死猫扶不上树。我们社不是那材料。'他们批评我是保守主义，说：'你以前步子走得对，可不能老是小脚女人走路，要跟上形势发展才行，咱跟不上，没法跟！'"结果也没有盲目转社。第三件是反对不按实际情况、不顾农民实际利益盲目地推广密植技术和"金黄后"品种。孙玉厚坚持从本社土壤状况的实际出发，从农民的"实"利出发，虽被上面当作保守的典型批评也不屈服，最终事实证明，盲目"推广"的几个社大歉收，而孙玉厚领导的合作社因抵制"推广"，却赢得了丰收。从上述三件事可以看出，在孙玉厚的"务实"特点中，重实际、重实利与尚实干是同时存在的。

当然，也可以说，重实利同样是整个中国农民的普遍性特点，重实际、尚实干，这本身不可能撇开对实际利益的考虑。但我们要强调的是，在山西民风民性中，"重利"因素不仅是非常明显的，而且几乎成为其重要的特色。这是因为，山西地狭人稠，土地贫瘠，吃饭始终是一个严重问题，这使得此地的人们无暇将眼光放得太远，他们对一切问题的思考都离不开实实在在的生存温饱问题，因此，人们的所谓"务实"，更趋向于对眼前利益的看重。更重要的是，山西地区长期以来就有经商传统，这也在人们的观念中普遍留下了"趋利"的印记。这无论是在历史文献中，还是在山药蛋派作品中，都留下了诸多记载。

山西人经商的传统，自古有之。山西自古就是兵家必争之地，尤其是山西北部，作为防御北方游牧民族南下入侵的重要边防地区，国家在此屯戍重兵，从而形成了许多边关城镇，商业活动也随之兴起。《北史》（卷十五）中就有这样的记载：河东俗多商贾，罕事农桑，人至有年三十不识耒耜。

山西人经商者众，这在长期推行重农抑商政策的封建社会，是一个较为奇特的现象。更深刻的原因也许在于，山西土地贫瘠，人多地少，仅靠农桑难以活人，致使许多农民被迫外出贸易，以求生存。关于这一点，似乎已引起明清以来的许多著史者、作志者的特别关注。

有关山西人的经商传统，在山药蛋派作品中也多有涉及。《小二黑结婚》中的二诸葛，当年就做过生意，后来转为务农，干庄稼活儿不在行，致使其弄出"不宜栽种"的笑话。二诸葛的形象中，除了赵树理自己说的有他父亲的"缩影"外，其实也有他爷爷赵忠方的影子在内。二诸葛当年外出做过生意，后转为务农，这正是赵忠方的经历。赵忠方年轻时跟随一位同乡去河南杂货铺当店伙计，30岁得子后便不再外出而在家务农，因不善农事，家境窘困，只好在冬春两季开馆以贴补家用。有类似这种经历的人物，在山药蛋派作品中可以列出一大串。赵树理《杨老太爷》中的杨大用："他虽然不识字，可有点小聪明。因为他丈人在世时候在河南做生意，他的小舅子当年利用商业界一些熟人跑个小买卖，带他跑过几次河南，便引逗得他不想好好种地，光想发个小洋财。"赵树理的《张来兴》中写道："我们村子里，从前有好多人在安徽的亳州做生意——各行各业里都有，老张师傅是当厨师的""他从亳州回来，便待在家里学种地。他家只有三四亩地，顾不住生活，农闲时候，常到县城里来卖熏鸡"。马烽《三年早知道》中的赵满囤："这人有点小聪明，很会理家过日子。什么事都比别人盘算得周到，干什么都吃不了亏。……农闲做小买卖，他能看出今年贩水果能赚钱还是卖菜有利……"西戎《王仁厚和他的亲家》中的罗成贵："自幼没干过重活""念过书，做事手腕高，也看得远，他看出来往后地不值钱了，吃租放账也不行了，就专闹买卖，开一座大油坊，家里买下两辆胶轮大车，自己赶一辆，雇人赶一辆，每天跑省城，日子过得比从前好"。孙谦《演戏的故事》中的贾得富："他家虽是户富裕中农，可他父亲在城里开过木材铺，雇过伙计，赚过大钱。"从上述描写中，我们多少能感到，山西确有那么一种经商传统，或者说有那么一种经商的风气。

虽然，可以肯定地说，在山西人中，经商做买卖的，绝对只是极少数，但经商既然在山西成为一种风气或一种传统，这就不能不影响到人们普遍的观念。我们在山药蛋派作品中常能见到，许多翻身农民他们发家的理想几乎都是同一种模式：能套上胶轮大车去跑买卖。《三里湾》中的范登高就是这么干的，他是属于那种圆了一阵"梦"的人；而《王仁厚和他的亲家》中的王仁厚，以及《汾水长流》（胡正）中的周有富、郭守成等人，却属于正在做着这种"梦"的人。王仁厚说过这样的心里话："土地改革以后，我不缺牲口，不缺地，打的粮食，年年有余，我谋算着，再过个一年半载的，也买它一辆胶皮轱辘车，赶上，痛痛快快地过一过'车马'瘾。你不知道，我想车马想得快发疯了，看见别人赶着车从街门口过，羡慕得口里能流出水来，我下决心要实现这个理想，……"其实，"车马"梦不只是一代山西农民的理想，用王任厚的话说："这个奋斗目标，从我爹在世时候就有了。他走了一辈子，没有走到，我长大了，又接着走。我家一辈一辈，为了这个目标，勤勤恳恳，俭俭省省。"

山药蛋派作家笔下的这批农民的"理想"中，的确蕴含着山西经商传统的影响。这种影响所及，远不止是孕育了一个个农民这类发家致富的梦，而是深入人心、民性之中，构成了明显的地域性特征。

在山西地区，由于经商传统的影响，普遍形成了一种重商轻文的风气。马烽在《忆童年》中写道，他所住的村子里，"有不少人家有人在外经商，他们送子弟上学，最高要求就是将来能带到外地去学买卖"。这种重商轻文的风气，在山西地区由来已久。早在雍正二年刘于义给雍正帝的上奏中就这样写道：山右积习，重利之念，甚于重名。子弟俊秀者，多入贸易一途。其次宁为胥吏，至中才以下，方使之读书应试。

由于重商轻文观念的长期影响不断沉积于山西的民风民性中，山西"务实"民性中的讲实利的因素有时被发展到了极端，于是就形成了"重利轻名"的价值观念。"重利轻名"在山西一些地区的有些人身上常常体现为一种"趋利"和"功利化"的习性。《三年早知道》（马烽）中的赵满囤，因经过商，所以"积习难改"，老想投机取巧。如社里让他负责打井工作，他安顿好别人开工，自己却偷偷去贩枣赚钱。即使是他在为社里"着想"时，仍会掺杂进趋利取巧的癖好：一次，他因为社里的母猪配不上巴克夏种猪，于是就使计"截"了路过他们庄到太平庄去配种的巴克夏种猪，这种"中途截流"的后果是，太平庄的母猪"一头生了三个，另一头生了两个，有一个一落地就死了，活着的也小得可怜，比白老鼠也大不了多点"。在赵满囤自己看来，他是为本社办了一件好事，然而偏偏这年太平庄又与本庄合并为一个高级社，受损的还是包括他本人在内的大家的利益。从这种"好心"办坏事的事件中，足以显示出赵满囤身上具有的因经商养成的"趋利"的积习。《卖烟叶》（赵树理）中的贾鸿年一家子都带有"趋利"习性。贾鸿年的父亲和舅舅以前是商人，直到如今还好偷偷搞点投机买卖。这种经历使"他们的处世做人、言谈举动都有一套特殊的习惯"："他们占了别人的便宜，不论是偷来的、摸来的，只要没有被别人夺回去就算'胜利'；谈到自己的历史，不论是拐了人、骗了人，只要得过实际利益全当光荣'；三天不哄人，就觉着什么任务没有完成；一次不得手，也好像有了亏耗还须补偿；村里人常说他们是'未出窝的麻雀嘴朝外，挨着了就吃'。"这是特别典型的"重利轻名可以置外界的评论于不顾，衡量荣辱是非的唯有'利'"。这种习性是可以家传的，贾鸿年就"秉承了这种家风"。作品中的人物王兰这样说："我还以为是富庶地区的农民和山区不同哩，现在才怀疑到他家可能根本不是农民传统。"也许，与"农民传统"相对应的该是"商贾传统"，事实上，作品正是这样来揭示这家子的"趋利"秉性与商贾积习的联系的。

《杨老太爷》（赵树理）中的杨大用，其"趋利"之性更为突出。杨大用年轻时跟跑小买卖的小舅子跑过几次河南，重利轻名观念由此生成，终于发展到了财迷心窍的地步。儿子铁蛋在边区政府做财粮工作，杨大用断定儿子一定发了财。他的逻辑是，当官必赚钱，不赚钱当那官干什么？于是他一次次写信向儿子假告艰难，要儿子寄钱回家，而事实上他本人因为是干属，一直受到村里照顾，生活各方面并无困难。当时的干部是供给制，没有钱，这在杨大用是不能理解的，他咬定儿子不说实话。当儿子出差路过本村，顺道回家看望老人时，杨大用那种唯利的习性并未随着这父子相会的天伦之乐而淡化，相反，他要利用这个机会最重要的是得套出究竟一年能落多少钱。当他使出浑身解数，终于问不出满意的回答时，便做了最后的摊牌："不赚钱你就不要给我出去了！留在家里给我好好种庄稼！"儿子最后几乎是"逃"出家门的。杨大用似乎从未顾忌过村上人背后对他的指责，他眼里只有"利"可以说，这是一个由"趋利"发展到了极端，到了"见利忘义"程度的人物形象。孙谦的《伤疤的故事》中也写了一对极端"趋利"的兄嫂。这位嫂子是有利必沾，"她的心眼儿多的像马蜂窝，买五分的荒菱，总得占二分钱的便宜；她从来没有吃过亏，也不知道吃亏是什么滋味。"而这位哥哥也不示弱，在他看来，有"利"就是一切，这甚至体现在他讨老婆的标准上。他那老婆丑得像个肥猪，而他自己长得蛮漂亮，但由于她能带来一份家财，加之有一套有利于发家的打算，因此，他对这本来似乎不太相配的结合却感到十分满意；他本来在村上是有名的最执拗的牛性子，也因遵循"趋利"原则而甘拜下风，唯老婆马首是瞻。兄嫂见弟弟从部队复员回来，以为弟弟在外闯了多年，一定有不少积蓄，满心欢喜；可是当得知弟弟复员并没能带回什么钱，嫂子立刻就是另一副面孔，"没有赚回钱来，什么都是假的！"这对兄嫂的"见利忘义"的程度，也绝不下于杨大用。

上述两篇作品中所写到的例子也许是属于极而言之的现象。作品并未明确告诉我们，杨老太爷和这对兄嫂与经商传统有什么直接的联系，但从其行为中我们能看到"重利轻名"这一地方"积习"影响的存在。这种影响的潜移默化和根深蒂固，还表现在许多农民身上所体现出的极端"功利化"的行为准则。这种"功利化"的特性，也许更带有普遍性。如《李有才板话》中的老秦和《求雨》中的于天佑，这两个人都是本色山西农民，但恰恰是在他们身上都突出体现出了一种过于"功利化"的特点。老秦是个老实的农民，"见不得事"，"只怕柿叶掉下来碰破头"，受阎恒元的欺压，心有怨言而不敢说。阎恒元等在丈地中造假，被"小"字辈农民识破，可老秦因为在假丈地中自己也得了利，于是居然为阎恒元等说话："我看人家丈得也公道，要宽都宽，像我那地明明是三亩，只算了二亩！"这是对事对人上的典型的功利主义态度。在老秦对待老杨同志的态度上，其过于"功利化"的特点就更为明显了。老杨同志来阎家山检查工作，派饭派到老秦家。因为老杨同志是县上来的，老秦诚惶诚恐，专门用小砂锅为老杨同志煮了面条。"老秦舀了一碗汤面条，毕恭毕敬双手捧给老杨同志道：'吃吧，先生！到咱穷人家吃不上什么好的，喝口汤吧！'"饭后，老杨同志帮助秦家打谷子，言谈中，老杨同志告诉大家，自己曾整整给人家住过十年长工。

"老秦一听老杨同志是个住长工出身"，一改"毕恭毕敬"的态度，在打谷场上顿时吆三喝四起来，态度变化之明显，在场的人都立即看出来了。大家平时惹不起的村主任广聚到打谷场上请老杨，被老杨用话狠狠地"碰"了一下。"老秦听说老杨同志敢跟村主任说硬话，自然又恭敬了"。老秦家的地押给了阎恒元，老秦的老婆在老杨同志面前讲漏了这件事，被老秦好一顿臭骂，但在斗倒了阎恒元，退回了老秦家的押地后，老秦又是一番表现：老杨同志与区干部"路过老秦家门口，冷不防见老秦出来拦住他们，跪在地下咕咚咕咚磕了几个头道：你们老先生们真是救命恩人呀！要不是你们诸位，我的地就算白白押死了'……老秦还要让他们到家里吃饭……"。一个敦厚老实的农民，可却又很带一点"势利"，二者如何统一于一个传统的中国农民身上的呢？也许，从"地方性格"这一途径，可以找到合理的解释。"务实"秉性中的重实际、重实利的因素向极端化方向发展，其结果可能就是如此。老秦是一个颇值得研究的人物形象，在过去的有关《李有才板话》的研究中，这个形象的意义多少是被忽略了的。

《求雨》中的老贫农于天佑，也是一个极具"功利化"（或曰"势利"）性格的人物形象。只不过，他的功利主义态度不是像老秦那样表现在待人方面，而是表现在待"神"方面。金斗坪遇上了旱灾，村里组织开渠抗旱，而土改时的积极分子于天佑却带领八个老头到龙王庙跪祷"求雨"。就是这个于天佑，在土改时曾积极控诉地主周伯元如何利用"求雨"勒索长工、掠夺农民土地的罪行；可现在他自己却带头"求雨"来了。当有人问于天佑："你怎么也来了？"他理直气壮地说："我怎么不能来？""你不是亲自说过龙王爷是被周伯元利用着发财的吗？""那是周伯元坏，不是龙王爷不好！"于天佑还大骂阻止他求雨的人："不是你们得罪了龙王爷的话，早下雨了！你们长的什么心肝，天旱得跟火熬一样还不让人求雨！"于天佑求雨心切，不可谓心不诚。甚至在有人"动摇"时，于天佑仍"虔诚"地说："龙王爷呀！不论别人怎么样，我们几个的心是真诚的！求你老人家可怜可怜吧！"当水渠开成，引来了流水时，于天佑见龙王爷对他已无用了，于是给龙王磕了个头说："龙王爷！我也请你原谅！我房背后的二亩谷子也赶紧得浇一浇了！"说罢便弃龙王爷而去。于天佑的"求雨"过程，显示了他的功利主义敬神态度。作品还写到了与于天佑相呼应的一群人。这群人身上的功利主义态度同样很明显：最初开渠时，他们心怀疑虑，于是开渠、求神两不误，白天开渠，收工回来去求神。开渠一有进展，他们纷纷离开"求雨"的行列；而每当开渠碰到困难时，他们便又立即加入了"求雨"的队伍。反反复复，其着眼点均在于功利。可见，过于"功利化"的态度，多少带有普遍性，而并非仅止于于天佑。像于天佑以及金斗坪的一大批乡民们这样一种"平时不烧香，临时抱佛脚"，为利而求神，无利便弃神，趋之若鹜，弃之何速的"势利"态度，显然与地方性格特征是有关系的。

第二节　俗尚俭啬

一、勤俭

山西民风民性中的勤俭的特点是非常突出的，这在涉及山西地域的有关风土民情的历史文献中，有着特别多的记载。例如：

《诗集传》："其地（唐风，即晋风）土瘠民贫，勤俭质朴……魏地狭隘，民俗俭啬……"

《隋书》："河东、绛郡、文城、临汾、龙泉、西河，土地沃少瘠多，是以伤于俭啬。"

《通典》："山西土瘠，其人勤俭。"

《山西通志》："河东地瘠民贫，风俗勤俭，乃其风土气习有以使之，至今犹然，在三代时可知。"

从上述记载中我们可以看出，山西地区勤俭风习由来已久；同时我们还看到了上述记载的一个共通之处，即充分注意到了山西人的勤俭与"土瘠民贫"之间的密切联系。诚如《山西通志》中所说："要其耕凿相安而务为勤俭，历数千年而莫之或改，又未尝非地气使之然也。"受制于特殊的地理条件，长期以来，山西人民始终面临着土地贫瘠、物质匮乏的生存难题。这种独特的生存环境，也就养成了该地区人民的节俭甚至吝啬的习性。也正因如此，有关山西民风民性的记载中多是"俭""啬"二字并用。

山西民风民性中俭的特点的形成，与特殊的地理条件相关，而这种特点一旦形成，它作为民风民性的重要组成部分，同时也就具有了一种地方传统的意义。也就是说，作为一种稳定的地方习性，它已普遍存在于山西地区各阶层的人们的身上，即使是那些事实上并无生存困境之虞的人们，由于身处这种特定的地域性民风氛围中，在生活方式上也莫能例外。明《广志绎》载："晋中俗俭朴，古称有庚、虞、夏之风，百金之家，夏无布帽，千金之家，冬无长衣，万金之家，食无兼味。"百金、千金、万金之家尚且讲节俭，何况贫民乎！在这方面，山西历史上最著名的文化名人之一的司马光，也是一个较典型的例证。司马光性喜俭朴，用他自己的话说："众人皆以奢靡为荣，吾心独以俭素为美。"他幼年时就"不喜华靡"，"长者加以金银华美之服，辄羞赧弃去之"。及至年长，中举时还不大好意思戴花，只是在有人告知"君赐不可违"之后，才簪一花。他做高官后，仍能"粗衣蔽寒""粝食果腹"。在《训俭示康》这篇家训中，司马光更是详细阐发了"俭，德之共也；侈，恶之大也"的观点。

受制于山西客观的物质条件，顺乎山西特定的民风民性，一些地方官府也常将提倡勤俭作为一种吏治手段。在《乡宁县志》（"民国"版）中完整地记载了一则清康熙年间乡宁知县制定的"禁约"，共有八条，其中前四条都是事关提倡勤俭、严禁奢靡的。"禁约"第一条中说："山右素号勤俭，不可习尚奢华。凡婚嫁，称家有无，男女服饰，不得滥用珠翠金银。至娼优，妆饰僭分，更宜严行禁止。"第二条更为具体："酒筵蔬肴，各不过五器，食果菜碟称是。汤饭三道，攒其花枝粘果，看席鼓乐，俱宜革去。拜名礼帖止用，古折单柬、全幅手本，一概停止。"第三条谈"士民祭赛"，规定"惟土谷先祖之神"外，"余一切尊神"不得乱祭，"至于侈陈棹面，滥费无用油碟果品"，以及借赛会之机，"拥挤街市，趁势靡费"等，尤"宜禁革，以挽靡波"。第四条是严禁借丧葬"用优乐侑酒互聚欢饮"等。由此看来，"俭"的提倡在山西地区已成地方惯制。就"勤俭"这一秉性而言，我们可以视为中国农民的普遍特性，但不分阶层，不分官俗，而蔚成风气，大概在全国也很少有哪个地区能与山西相比。尤其是明清以后，特别是"民国"之后，"俭啬之风，犹未或改"的地区，大概除山西之外难找第二个省份了。

要了解山西地区的俭啬之风，其实有大量的历史文献可以提供许许多多的材料。这里我们还可随手略举数例：

《文献通考》："山西土瘠，其人勤俭。"

《明统志》："泽州，民纯而好义俭而用礼""霍州，本岳阳尧都所在，其民勤且俭，犹有遗风焉"。

在山西各州县方志中，这类记载就更多了，例如：

"祁县，俗尚勤俭""徐沟，用度节俭""交城，俗尚俭啬""文水，俭而趋利，勤则其性也""永济，好尚节俭""荣河，勤稼穑，弗敢奢侈，惟务节俭""平陆，重农事，勤纺绩，淳朴俭约""稷山，后稷播种之地，崇尚节俭""绛县，民勤生业，尚义好俭""长治，俗亦俭朴""长子，节俭而尚礼""屯留，节俭务农织""里垣，节俭以自奉""潞城，力田而知克勤""黎城，田亩能勤，财用知俭""壶关，民俗敦古，惟俭惟勤""高平，昔称勤俭""阳城，民尚节俭""沁水，廉俭尚义""介休，尚俭素，勤稼播""石楼，性淳俗俭""赵城，民性俭啬""临汾，其民甘粗粝，力稼穑，俭而不奢""洪洞，民尚俭而务耕织""浮山，俗尚节俭""岳阳，人民性质而朴素，财用节俭而不侈""翼城，有先王克俭之风，故其纤啬""古州，僻处万山，土瘠民贫，俗尚勤俭乡宁，有勤俭礼让之风"。

上述引录，涉及面较广，几乎能覆盖整个山西地区。如果说，上述引录还只是"勤俭""节俭""俭啬"等判断性概念，尚不能给人以具体的感受，那么，我们不妨再录一则地方志中稍为具体的记载：

民用俭约，室庐、衣服、饮食，俱不慕华靡，惟善酿，多嗜酒。西乡半穴土而居，或砌砖如窑状，不则朴斫数椽，蔽风雨而已。惟富室大家，窑房之外，复构瓦房，窑房上或更为楼，亦绝少雕镂彩绘。尔来城厢颇饰衣冠，然亦隆冬不过一裘。妇女亦罕艳冶之服。乡民则布素缕缕，终岁不制衣者十室而九。良辰佳节，七八口之家割肉不过一二斤，和以杂菜、面粉，淆乱一饮；平时则滚汤粗粝而已，更有杂以糠秕者。

这种记载在历史文献中属于较具体的，但这样的记载虽然已很具体，却并不生动。文学作品补历史文献之阙的功用，在山药蛋派作品中再次显示出来了。山药蛋派作品中，有关山西农民的俭啬习性的描述，不仅具体，而且形象、生动。更重要的是，作品不仅仅记录了山西农民有关节俭的许多事实，而且揭示了以俭啬为重要特点的地方性格。山药蛋派文学与三晋地域文化的关系再一次明确地显示出来：山药蛋派作品中有关这方面的人物和事件的描述有助于我们更真切、更具体可感地去了解三晋文化的有关内容；同时，只有在上述的山西地方性民风民性的氛围中，我们才能对山药蛋派作家笔下的许多人物性格给以更准确、更符合实际的理解、把握和评价。

西戎的《王仁厚和他的亲家》中，王仁厚有一段自述是颇能说明所谓的"节俭"的："说到节省，不怕别人笑我，一顶帽子戴10年，一件棉袄穿20年。活了半辈子，没有尝过烟酒味，是甜的是辣的。有时吃饭没有盐，夏天黑夜不点灯。"王仁厚并非因为贫穷而不得不节俭，用他的话说："说到劳动，全村头一份，年年打下的是满缸满瓮。"在王仁厚身上，节俭已不是对生活环境的被动反映，而是出自一种习性。这在山西老一代农民身上是有代表性的。赵树理的《传家宝》也是反映"节俭"民性的代表性作品。李成娘的儿媳金桂，无论从哪方面看，都应是无可挑剔的，然而"李成娘对金桂的意见差不多见面就有：嫌她洗菜用的水多、炸豆腐用的油多、通火有些手重、泼水泼得太响……"这样一些连鸡毛蒜皮也算不上的事，居然会成为构成婆媳矛盾的原因，这似乎颇不好理解。但结合山西农民的"节俭"习性，便不会以此为怪了。李成娘的"节俭"淋漓尽致地表现在她那"三件宝"上：一架纺车、一个针线筐和一口黑箱子。这三件宝贝几乎记录一个农村妇女勤俭持家、艰难度日的历史：

针线筐是柳条编的，红漆漆过的，可惜旧了一点——原是她娘出嫁时候的陪嫁，到她出嫁的时候，她娘又给她做了陪嫁，不记得哪一年磨掉了底，她用破布糊裱起来，以后破了就糊，破了就糊，各色破布不知道糊了多少层，现在不只弄不清是什么颜色，就连柳条也看不出来了。里边除了针、线、尺、剪、顶针、钳子之类，也没有什么别的东西。破布也不少，恐怕就有二三十斤，都一捆一捆捆起来的。这东西，在不懂的人看来一捆一捆都一样，不过都是些破布片，可是在李成娘看来却不那样简单——没有洗过的，按块子大小卷；洗过的，按用处卷——那一捆叫补衣服、那一捆叫打褙、那一捆叫垫鞋底；各有各的特点，各有各的记号——有用布条捆的，有用红头绳捆的，有用各种颜色线捆的，跟机关里的卷宗上编得有号码一样。装这些东西的黑箱子，原来就是李家的，可不知道是哪一辈子留下来的——榫卯完全坏了，角角落落都钻上窟窿用麻绳穿着，底上棱上被老鼠咬得跟锯齿一样，漆也快脱落了，只剩下巴掌大小一片一片的黑片。这一箱里表都在数，再加上一架纺车，就是李成娘的全部家当。她守着这份家当活了一辈子，补补衲衲，哪一天离了也不行。

作者不避烦冗进行了这么大段的描述，其用意是在借对于"物"的描述来映照出"物"的主人的节俭来。李成娘对金桂的意见在于金桂未能像李成娘那样恪守传统的"节俭"方式。其实金桂并无任何可称得上靡奢的行为，她是另一种形式的节俭——更为精打细算，更为合理地安排收入与支出。李成娘与金桂之间的冲突，其实是两代人所持的不同节俭方式之间的冲突。如果说，李成娘的节俭主要表现为以控制支出来节省财源，那金桂则是量入而出和以出增入来扩大财源。李成娘认为金桂一冬天未"拈过一下针"，未"纺过一寸线"，这就是靡奢的表现；而金桂的算盘是，"纺一斤棉花误两天，赚五升米，卖一趟煤，或做一天别的重活，只误一天，也赚五升米"，因此她宁愿去卖煤而不纺线。李成娘说金桂自己不做衣鞋而到集上买着穿，这是"破上钱耍派头"；金桂的算盘是，"自己缝一身衣服得两天，裁缝铺用机器缝，只要五升米的工钱，比咱缝的还好。自己做一对鞋得七天，还得用自己的材料，到鞋铺买对现成的才用半斗米，比咱做的还好。我九天卖九趟煤，五九赚四斗五；缝一身衣服买一对鞋一共才花二斗米，我为什么自己要做？"李成娘指责金桂烧菜放油多了，是"浪费"的表现，而她自己"一辈子吃糠咽菜也活了这么大"；金桂却认为，"非用不可的东西，用了不能算是浪费"，吃饱了肚皮才能干活赚钱。由此看来，这婆媳间表面的矛盾背后，却有着"节俭"这一地域民性的同一性：李成娘以传统的生活方式显现着她节俭近乎"啬"的秉性；而金桂却以新的思维将"节俭"的精髓发扬光大。作品中也给金桂安排了一个与李成娘的破黑箱子相对应的小布包子，这个小布包中内容的复杂性绝不亚于破黑箱子，所不同的是，小布包中不是各类布片，却是种种票据。小布包的功能与破黑箱类似，它将记录另一个时代的农村妇女勤俭持家的历史。节俭作为一种习性，具有难以变更的稳固性，越是在环境变化中，这种稳固性才越明显。因此，我们在判定一种思想行为是否出自人物的某种习性时，也只有在这种思想行为与环境的不太和谐之中才更容易做出界定。在物质困难的条件下，非节俭不可，而节俭作为一种习性，常常在物质条件相对宽裕的条件下才更能凸现出来。李成娘的那三件宝贝，退几年也许显不出什么，因为那时李成家只有二亩山坡地，父子两个都在外边当雇工，生活艰难，节俭是势所必然；但将之摆到李成当了干部、家中分得了地、并有各种经济收入的"日子已经好起来"的时代，才更能揭示节俭作为习性的意义。正是在这个意义上，我们可以说，赵树理的《传家宝》真正深入地揭示了山西的节俭民性。

节俭作为一种民性，当是普遍存在于山西人身上的，这从西戎《灯芯绒》中的钱聚富和孙谦《拾谷穗的女人》中的王三女这两个人物身上也可以明显看到。钱聚富说起话来"三句话不离'人常说'，比如人常说：要饱家常饭，要暖粗布衣；人常说：财从细起，有从俭来；人常说：地是刮金板，人勤地不懒，等等。总之，他经常用这些'人常说'，来贯彻上级指示，来勉励人们勤俭办社，勤俭过日子"。所谓"人常说"，无非流行于某一地区的谣谚之类。

民风民性往往由某些谣谚标示出来，而流行于特定地区的谣谚又常有强化民风民性氛围的作用。钱聚富三句话不离"人常说"，正说明他与这种氛围的关系。作品中有两个细节特别能体现人物"节俭"的特点。一个细节是，会计想购置一些基本的办公用具，钱聚富以"家底不厚"为由否决了；好不容易同意买了一只罩子灯，又嫌上罩子耗油多而不让上罩子，致使"那只玻璃灯罩在墙上挂了一年多也没人动它一动"。另一个细节是，牲口用的鞍套坏了，生产队长提请买副新鞍套，但立即被钱聚富以"人常说：家有万贯，还得补补连连一半"的"理论根据"挡了回去,并亲自动手修补起旧鞍套来。钱聚富的节俭,没有局限在家庭生活圈子之内,但这种"俭"的特点却显然是山西地区节俭传统的精神上的承袭。《拾谷穗的女人》中的王三女是一个与钱聚富类似的人物形象。当队长的丈夫的种种决定屡遭王三女的批评和抵制,诸如未经细捡一遍谷穗就安排耕地、在丰收之际动起了请剧团下乡唱戏的念头、在小小的村子里也想安一个高音喇叭并买了一台电唱机等,这些举动在王三女看来都是由于丈夫丢弃了山西人的节俭的传统。王三女在给孙子起名字时,决定"小名叫他小勤,大名叫他克俭",就是希望"克勤克俭"的精神能永远流传下去。

二、吝啬

在将"勤俭"作为山西民风民性特征来加以论述时,也许会遇到这样的麻烦,即"勤俭"并非山西农民所独有!就一般意义上的"勤俭"而言,在中国大部分地区的农民身上都是存在的,因此,作品中如果只是仅仅写到了有"勤俭"特性的人物和事件,还不足以将之界定为"地域特性"。那么,具有山西地域特点的"勤俭"又应该是怎样的呢?我们前面引述的许多历史文献的记载中,其实已有明确的昭示:"勤俭"在山西的多数地区是以"过分"的形式出现的,用《临晋县志》中的话说是"勤俭有余"。"有余"就是过分的意思,具体些说,不该花费的花费为浪费,可花费可不花费的不花费为节俭,该花费而不花费就应算是过俭。我们前面所列举的李成娘,她的节俭就多少带有"过分"的意味。过俭及至有些"啬",这显然是带有山西地方特色的:诸多有关山西民风的文献记载和山西各地方志中,常常是"俭""啬"并提,并多用"伤于俭,啬过俭""尚俭啬"等字样,"伤于""过"等就已表明"过分"的意思,而所谓"啬",仅从字面意义上解,也是"过于俭省,当用不用"的意思。直到近些年出版的有关山西民俗的文献中,仍有"俭而有余"这一特点的记载,如灵石人外出,"常被外人讥为'舍不得',小气灵石人答曰:'你说小气就小气,各人心里有主意'。"所谓"舍不得""小气",就是过俭、吝啬的另一种说法而已。

我们前面所列举的山药蛋派作品中有关节俭的描述还算不上是最具有地方特色的,真正具有山西地域性特点的,是作品中对节俭的"过分"形式的把握,是对那些"过俭""俭啬"的一些特例的描述。而且,这些描述也更有声有色。

这里,我们先来看胡正《汾水长流》中的一段描写,是关于郭守成的:"赵掌柜,来一壶酒!"赵玉昌问道:"来几两?半斤?四两?"这一问,郭守成犹豫了:"多少钱一两?"赵玉昌回答说:"你只管喝吧,咱们是相识,老交情,还能多算你的。"郭守成问:"少算点是多少钱一两?"赵玉昌说:"照本算,一毛钱一两。"郭守成一盘算，一毛钱可买二斤高粱，有了二斤高粱，一家可以吃一顿了。于是下狠心伸出一只手来。赵玉昌以为他要五两，正要替他打，但郭守成却紧接着喊了一声"半两"！

这段描写真是妙极了。郭守成本来是因为在农业社大会上受了批评，气闷不过，准备"豁"出去，到他从来未曾光顾过的酒店醉一回解解闷，但本性中的俭啬却使他的"豁"也豁得极不潇洒。作品用"犹豫"、追问价钱、"盘算""下狠心"等一系列行动来描述他为最后的"豁出去"的"半两"酒钱而进行的艰难的内心交锋，活脱脱地将他俭而近啬的性格展现出来了。作品中另有一段关于周有富的描写。周有富迟迟不肯入社，就只因为他有几只好牲口，怕牲口入社别人沾了他的光，最后在内外夹攻之下无可奈何地同意了入社。作品这样描写道：

周有富走到牲口圈跟前去，把老牛的缰绳解开，给牛槽里添了一把草。当他正抓起一把草料来要往槽里撒时，忽然又想起一个主意，便大声对儿子说道："愣在那里干什么？还不把牲口拉到社里去！"儿子自然还解不开他爹的意思，就问道："社里还没有编队，拉到哪个圈里去呢？"周有富火了："你也昏了心啦！就拉到靠咱们近的那个队里！"儿子这才好像明白了老子的意思似的，但是，当他刚走出大门时，他爹又忽然叫住了他："回来！把牲口的笼头摘了，把缰绳换一下。人家牲口的笼头和缰绳都是麻绳，你看不见咱家的都是皮绳！"

在周有富身上所显示出的正是所谓典型的"小气""舍不得"。"省自家几斤草料""换缰绳"，这两个举动已超出一般的"省俭"的范围而近乎吝啬了。

孙谦《伤疤的故事》中写到的一对兄嫂，也具有俭而近啬的特点：说起他（哥哥）自己的生活来，那简直节俭到再不能节俭了。他不抽烟，不喝酒，从来也没有买过零食，出去赶庙会，老是饿着肚子回来。

说到俭朴，我看全村也挑不出第二家来，你别以为就是我哥穿的褴褛，我嫂子比我哥强不了许多——知道吗？她是个没有过三十岁的女人，可她真好意思穿着补丁摞补丁的衣服满街乱跑！这是穿衣服。说到吃饭，那就不能提了。中午，每天都是两个又凉又硬的窝窝头定食，不管你干多重活儿，也不管你吃得下吃不下，反正就是那两个窝窝头。好容易挨到天黑了，……不是清汤面就是谷米稀饭。

这对兄嫂是已经发了家的，在物质上并不匮乏，但还如此俭啬，这更见其习性。

赵树理《田寡妇看瓜》中的田寡妇身上也多少显出俭啬或曰"小气"的特点。作品写到了有一次她向秋生的"施舍"：

秋生向她哀求："嫂！你给我个小南瓜吧！孩子们饿得慌！"田寡妇没好气，故意说："哪里还有？都给贼偷走了！"秋生明知道是说自己，也还不得口，仍然哀求下去，田寡妇怕他偷，也不敢深得罪他；看看自己的嫩南瓜，哪一个也舍不得摘，挑了半天，给他摘了拳头大一个，嘴里还说："可惜了，正长哩。"

田寡妇身上所体现出的俭啬的程度虽不像前面所举的几个人物那么"过分"，但从"舍不得"的态度到最终"挑"的举动，还是显示出了明显的俭啬特征的。也许田寡妇身上体现出的这种俭啬在山西农民中比郭守成、周有富等更具普遍性。

俭啬习性体现在普通农民身上时，作家的笔调虽有时也不免带有调侃的意味，但主要还是持理解和同情态度的，因而他们尽量把握分寸，尽量不使之流于嘲讽。但作家在揭示"俭啬"特点在山西乡村土财主身上的表现时，则是毫无顾忌，而做到了淋漓尽致。这方面的代表性作品当推胡正的《"长烟袋"》。作品本是写减租减息斗争的，但最后却以主要的篇幅、诙谐的笔调突出描写了财主常聚财的吝啬性格。作品一开始便这样介绍道：

小东庄有一家财主，名叫常聚财。这人最好抽烟，手里常拿着一根四五尺长的烟袋，那锅子比一个酒盅还大。他的烟布袋，却常常是空空的不装一丝烟末。当他到别人家催租要账，或者碰见别人时，就说："来，叫我抽上你一袋烟。"开头，人们自然不以为然，可是日久天长，都吃不住他那大烟锅子了。只好见他时把烟布袋藏起来，或者也拿个空布袋。他看看抽不上别人的烟，只好装了半烟布袋烟，人们见他有了烟，才又放心地拿出烟布袋来。不料他也生出了新办法："你这是城里买来的好烟吧，叫我尝一袋。"他也不管别人答应不答应，早把那大烟袋锅子插进人家烟布袋里，狠狠地装上一烟锅子，把人家半布袋烟就装去了。

作品一开始就突出了常聚财的"贪"的特点。吝啬发展到极致，就包含着"贪"的成分。吝啬者的特点就是"只进不出"，常聚财就是如此："这个人一辈子就是靠着向别人要东西过活，别人想要他的东西，哪怕是一针一线，粒米把面，也比要他的命难。"作品中一连用了好几个细节描写来突显人物的吝啬特点：

他正要回窑里去时，忽然有几只红头苍蝇"嗡"地飞了起来。"长烟袋"一想不好，他就记起跌死在崖里的那只羊，杀了以后，村里人因为价钱太贵不买，他又舍不得吃。他到了窑里，用钥匙刚开了大箱上的锁子，忽见一只小猫从箱角里跑了出来，嘴里含着一块肉，这可气坏了"长烟袋"，一脚过去踏住小猫，又一把抓起来，狠命往地上一摔，那小猫就四蹄一伸，不出气了。"长烟袋"仔细一看，是邻家的一只小花猫，想到冬天卖了还能变几个钱，就塞在箱子旮旯里。再去看那羊肉时，叫老鼠、猫咬了好几块，而且还生了小蛆，发出了臭味。"长烟袋"真是心疼啊！又揭开旁边的白面瓮看时，也发了青绿色。"长烟袋"想到这几天白明黑夜地对付算账、减租，也有些熬累，就下了个狠心，称出半斤白面、四两羊肉，让他老婆给他捏了十个包子，他吃六个，小宝儿吃四个。

"长烟袋"让他老婆给他做包子，他就好像门神一样的坐到大门口，一来怕别人看见他家捏包子，二来看看场里的长工是不是给他好好地动弹。

这段描写，真可谓将人物的悭吝性格淋漓尽致地表现出来了。"长烟袋"身为财主，却有钱舍不得花，且不说"一罐罐银子"和"二十瓮粮食"埋在了地下，就连一头跌死的羊也舍不得吃，直至长蛆发臭才"下狠心"称出"四两"来。作品接着写他如何"算计"了一下区农会主任：

王主任坐到炕上以后，"长烟袋"就想到抽烟了，他拿着空烟布袋虚假让道："先生抽烟吧。"王主任说："我有。"就从腰里拿出烟袋和烟布袋来。"长烟袋"一见烟就没命了，厚着脸皮笑道："先生有，就抽先生的吧。哈哈，先生的一定是'一品香'吧。唉，咱凄惶活了一辈子也没有吸过一袋好烟。"说话中间，早将那大烟锅子好容易才插进那小布袋里，待他把烟锅子拿出来时，刚才还是饱饱的烟布袋，立刻就变成瘪的了。"长烟袋"也不管这些，狠狠地抽了一口，咽到肚里，又慢慢地只怕跑了一丝烟似的嘘出半口气来，并连声称赞："好烟，先生的烟果然好。"

"长烟袋"这是与王主任初次见面，王主任是来与他谈减租减息问题的，所以王主任刚进门时曾使"长烟袋""心里一慌"。但这"一慌"也并未能扼制他贪婪吝啬的习性，在事关重大的关节口上，仍不忘记吝啬一下，可见人物身上的吝啬习性已到了怎样的"化"境。王主任起身要走时，"长烟袋"又有一番表现：

"长烟袋"见王主任要走，就又哭穷，又做假人情地说："唉，你看我实在是想让先生吃一顿饭，就是穷得没东西。先生包涵住，收罢秋定请先生好吃一顿，要不先生就先吃点粗茶淡饭吧。"但他嘴上留着客人，两手已掀起门帘，把客人送出去了。

送走了王主任，"长烟袋"接下来的举动更绝妙：

"长烟袋"一走到灶火跟前就要骂他老婆："烧这么大的火，把炭全烧了，要把窑也烧了呀！"又拿起柏子搅了一下锅里的米汤，骂道："下这么多米，把米全吃了呀！"说着，就把锅里的米全捞到自己碗里，还不满一碗。

最后，直到群众起来闹减租，与他算账斗争时烧了他的账册，在绝望中"长烟袋"仍未忘记哀求别人留一些账册上的纸给他糊窗户用。

"长烟袋"这个形象在山药蛋派作品中绝不是一个孤立的存在。如李束为《老婆嘴退租》中的王丙红，在吝啬方面就很有一些"事迹"：

前年给他二小子王双印娶第三个媳妇子的时候（头一个逼得上了吊，第二个逼得跳了河），急雨打烂了窗口，双印子给他要钱买麻纸，他不给。半夜三更他到村公所门口，偷来一张减租公告，要糊窗户哩。……

"说到他小气的话上，嘿！他还偷过我的水萝卜哩！"光裕子还添了一句。

这就是家中藏了一地窖粮食的财主所干的事！再如马烽、西戎《吕梁英雄传》第七十一回写到的一个叫吴士举的地主，当日本兵打来时，村上的民兵帮助他家坚壁清野，他是又高兴又担心，"高兴的是有人帮忙来了；担心的是怕这伙受苦人趁空偷东西。于是忙跑出来拦住众人说：'不要进来了，家里乱七八糟，连个坐处也没有；大家就在院里歇阵阵！我们捆绑好往出递吧！'"然后是叫他二子"一次一次跟上监督，生怕半路上别人把东西偷了"。如此等等，不一一列举。

从上述所举的财主的形象来看，他们身上的吝啬的秉性的确令人鄙夷。但这些令人鄙夷的吝啬习性似乎与他们作为财主的身份角色并不十分相称，尤与人们通常观念中的地主阶级的理应如此的奢靡生活相违背。细细想来，这些身为财主的人，却也活得够窝囊的，连一只死羊也非得等到长蛆发臭才"狠一狠心"吃它"四两"，连区区糊窗的麻纸也非得去偷村公所的布告来顶替，那种与地主身份常常紧密相连的花天酒地的生活方式在他们身上却不见踪影。这正好印证了我们前面曾引述的所谓"百金之家，夏无布帽，千金之家，冬无长衣，万金之家，食无兼味"的晋俗记载。因此，对这些财主们身上的吝啬习性，与其从他们的财主身份去理解，还不如从地方性格的角度去理解更有意义。我们不能确切地了解，作者是否由于明显的憎恶情感而无意中夸大了财主们身上的吝啬程度。但是，我们仍能透过这些在财主们身上以极端的形式出现的吝啬习性，看到他们与山西普通农民身上所体现出的俭啬习性的相通之处。"长烟袋"的下狠心吃它四两臭肉与郭守成的下狠心才喝它半两酒，"老婆嘴"的为省下麻纸钱而偷撕布告与周有富的为省下草料而提前赶牲口入社，在本质上是相通的。

在不同身份、地位的人身上，地方习性会以不同的方式出现，但它们肯定会有着深层的同一性。山药蛋派作品对"俭啬"这一山西民风民性特点的揭示，正向我们昭示了这一点。

我们在读山药蛋派作品时，发现一个有趣的现象，这就是作品人物的名字中常有用"聚"字的。我们对山药蛋派作品中的人物名字做了一个粗略的统计，发现名字中用得最多的几个字是财、富、宝、聚。财、富、宝这三个字说不上有什么山西特色，这在全国乡村中都被普遍地运用于人名中。而唯有这个"聚"字特别：我们在读中国现代文学中反映其他地区农村生活的作品时，很少发现有人名中用这个字的，而在山药蛋派作品中这个字用于人名的却很多，如赵树理《邪不压正》中的王聚财、《三里湾》中的王小聚、《李有才板话》中的刘广聚、《"锻炼锻炼"》中的王聚海、《刘二和与王继圣》中的聚宝、马烽和孙谦《几度风雪几度春》中的彭聚才、西戎《灯芯绒》中的钱聚富、胡正《"长烟袋"》中的常聚财等。这么多山药蛋派作家在这么多作品中都将"聚"字用于人名，这绝不是一种偶然的巧合。"聚"字在山西乡间显然有着重要的特殊意义。

我们从前面所列举的那些带有俭啬习性的人物身上，其实也可以看到他们身上同时也具有的喜欢聚藏的特点，如李成娘的破旧箱子中积攒的各式旧布；金桂小布包包中所蓄藏的各种票票；以及作为财主的"长烟袋"，不管什么财物，无论是银两还是地契都喜欢埋藏起来，甚至连粮食也埋藏地下以至霉变。因此，喜欢聚藏作为山西俭啬民风民性的内容之一，其地方特性也是很明显的。人名中多用"聚"字，正是很好的证明。有关山西人喜欢"聚藏"的特点，在历史文献中也不乏记载：

《太平寰宇记》："唐地硗确。其人俭而蓄积，外急而内仁。"

《宋史》："河东路……善治生，多藏蓄，其靳啬尤甚。"

《明统志》："绛州勤稼穑，好蓄积。"

《清异录》："汾晋村野间语：'欲作千箱主，问取黄金母。'意谓多稼厚蓄，由耕耘所致。"

《灵石县志》："灵石僻在万山之中，其人勤苦，致盖藏。"

《兴县志》："兴县，士闭户自守，农夫力穑，事节俭，务盖藏。"

"蓄积""藏蓄""盖藏"等，都是聚藏的意思。从上述记载看，聚藏特点正是与山西地方民风民性中的俭啬特点联系在一起的。对于这种聚藏的特点，在山药蛋派作品中不仅以人物取名的方式给予了体现，而且在许多人物形象的描述中也揭示了这一地方习性。如《三里湾》中的马多寿，作品中就有一段有关他的"宝贝盒子"的描写：

菊英一见他两个人在这盒子里拿东西，便拦住他们说："可不要翻那个盒子呀！爷爷知道了可要打你们哩呀！"说着便把十成手里拿的红缨帽夺住。满喜听见菊英这么说，扭过头来看了一眼，才知道刚才十成说那"黑布剪饼"原来指的是这顶前清时代的红缨帽。满喜说："你们家里怎么还有这个古董？"

菊英低低地指着盒子说："这里边的古董还多得很！我看都是没有半点用处的，不知道老人们保存这些做什么用？"满喜听她这么一说，也凑到跟前来翻着看。里边的东西确实多得很——半截眼镜腿、一段破玉镯、三根折扇骨、两颗没把纽扣、七八张不起作用的废文书、两三片祖先们订婚时候写的红庚帖、两个不知道哪一辈子留下来的过端阳节戴的香草袋，尽是些没用的东西。

虽然是些没用的东西，或用满喜的话说就是"烧火烧不着；沤粪沤不烂；就是收买古董的来了，也难说收这些货"，但是马多寿却将之聚藏在家中，以为宝贝，甚至不让孙子们翻动！这种举动，也许只有从喜欢聚藏的习性这一方面才能获得解释。束为的《红契》中，也有一段关于人物喜欢聚藏的描写：

笑面虎把他的文书匣匣严严密密地藏在炕洞里，连他老婆也不叫知道。有一次，他老婆把针线包子寻不见了，就在炕角上胡拾翻，叫笑面虎看见，照定屁股就是一脚，并且骂道："你狗日的还想拾翻我的老底子哩，滚你的蛋！"那老婆忍不住气，从炕上跳下来，坐到院里，直骂他"老不死"。

与不让孙子动自己聚藏的"宝贝"一样，笑面虎对自己的聚藏物，连老婆也不让动。当然，笑面虎的聚藏与马多寿的聚藏目的完全不同：笑面虎的聚藏是怕露财，而马多寿却是完全无目的地聚藏些无用的东西。但就其喜欢聚藏这一习性本身而言，他们却有相似之处。

"怕露财"，这是喜欢聚藏的重要动机之一，这在山西农民中也绝不是少数。胡正《汾水长流》中的孙茂良，明明家中有粮，可当听说社里要向余粮户借粮帮助缺粮户度春荒时，他立即装起穷来，诈称自己是缺粮户，甚至嚷嚷得比谁都厉害。在西戎《王仁厚和他的亲家》中的王仁厚身上，也有着完全类似的表现。王仁厚家里存着五六千斤粮食，但怕干部知道了要动员他卖给国家，因而秘而不宣。这时闹春荒，有好几家都嚷着留粮不够吃，要求政府供应。王仁厚担心要不跟上嚷一嚷，人家怀疑自己有存粮，于是便也在村里叫开了缺粮。最后，那么多粮食存放家中，卖又不能，吃又一下子吃不完，也不能拿出来晾晒，天热了怕要生虫，弄得王仁厚心中好不为难。

"聚藏"的更深刻的原因可能与山西特殊的生存环境有关。山西地瘠民贫，自然灾害频繁，粮食丰收没有保障，于是聚积就成了山西农民预防不测、维持生存的一个重要手段。"聚"是建立相对稳定的生活的根基，没有"聚"下，一切都由不了自己，心中便会没着没落。这种特殊的心理状态，束为在《迟收的庄禾》中有所表现。三年自然灾害，农民们吃尽了余粮，接着由政府救济，但这种救济却并不能使农民心中感到踏实，用作品中人物张二货的话说："连着三年吃政府供应粮，我真不放心。领一天吃一天，领两天吃两天，我睡梦里也不安然。"这里多少提供了山西农民性喜聚藏的另一心理依据。

与喜欢聚藏相伴而来的是患失。这种患失在形式上表现为惜物如命，害怕失去已有的东西，而在思维方式和心态上则表现为某种保守倾向。如束为《春秋图》中的王老汉，在这样一个实打实的庄户人身上所体现的特点就是舍不得丢弃一切既成的、已有的东西，不管这种东西有没有过时，在他看来，只要是已有的就是好的。从他头上的那根竹筷子似的小辫子到他引为自豪的生产经验都无一例外。对于辫子，虽然王老汉自己也说不出它的好处来，但就是不肯剪去。至于生产经验，因为曾给他带来过农田的收获，所以更是不想改进。村上推广新的温水浸种和土地深翻的方法，王老汉拒不执行，儿女们劝他采用新方法时，他回答说："出来了还好说，出不来呢！你们吃甚？""打不下粮食，你们去喝西北风。"这里体现出的正是一种"患失"的心态和"不求多得，但求少失"的思维方式。当然，这种心态和思维方式的根源是多方面的，但就山西农民而言，其俭啬、聚藏的民风民性显然也是一个不容忽略的方面。

总而言之，在山西民风民性中，俭啬、聚藏的特点是非常明显的，这不仅见之于历史文献，而且可以证之于山药蛋派文学作品。这方面，显示出的山药蛋派作品内容与三晋地域文化的关系是很明确的。揭示这一关系，作用是双向的，通过作品可以印证山西地方民风民性的特点，而置身于山西地方民风民性的氛围中又显然能够更加准确、深刻、透彻地理解和把握山药蛋派作品中的相关内容。

第三节　风俗刚悍

当我们读山药蛋派作品时会发现，山药蛋派作家在形容人物性格特征时使用最频繁的词汇之一是"倔"（包括"倔"的同义和近义词）字。这里先略举数例：

饲养员老赵，是个没儿老汉，脾气倔，说不了三句话就得抬杠。
　　　　　　　　　　　　　　　　　——西戎《王仁厚和他的亲家》

围在门口看热闹的人，这才都敢走进来，议论起来："一辈子就是这路脾气！"

"毛驴，顺着毛搓，叫他干什么都行，要是冲着他，天王老子也不依！"
　　　　　　　　　　　　　　　　　　　　　　　　——西戎《盖马棚》

他的脾气很倔，好胜心又特别强，心里有一点事，就躁得睡不成觉、吃不下饭——他还没过五十岁,头发就白了一半,背也驼了,腿也弯了,门牙也掉了。

——孙谦《"后山王"》

吴玉珠一进大门,就被一个倔老头拦住了:"你来这里干甚?"

——孙谦《"后山王"》

"她怎么还没有走?"

徐为民大胆地说:"以前让她走,她不走;现在快毕业了,再撵她走,她更不走了。"

徐国梁摇了摇头,无可奈何地说:"那姑娘可真有股劲儿!"

徐国梁一想到她那倔强、自信、乐天的劲儿,便向冯在山说道:"你这闺女完全像你:长相像,脾气也像!"

——孙谦《南山的灯》

老公公虽已七十挂零,可是耳不聋眼不花,穿一身粗蓝布衣服,腰杆挺得直直价,声音又洪又亮,脾气又倔又直,见了不顺眼的事,就要动肝火。

——孙谦《拾谷穗的女人》

魏老仓是魏家庄有名的好社员,也是出名的倔脾气。他大公无私,疾恶如仇,见不得一点点邪魔外道,还爱咬个死理儿。就因为他的心太直,扭不过弯儿,常常发错了脾气,就把好事闹个没下。……老头子也决心要改,可是一到火头子上,常常又按捺不住。

——孙谦《入党介绍人》

上述数例,作者是直接用"倔"字来形容人物的性格。在山药蛋派作品中,用与"倔"字同义的词来表现人物性格的,就更多了。例如:

高二丑一下子愣住了。他真没想到这个姑娘这么倔强,这么能坚持自己的意见。

——马烽《杨家女将》

韩根生就是这么个倔强的人物……战斗中受了重伤,结果把半条腿锯掉了。他拒绝住荣誉军人疗养院,转业回家参加农业生产。不知忍受了多少痛苦,他学会了架着双拐锄高粱,学会了跪在地上割豆子。自当了社干部后,他又下决心学自行车,不知栽了多少跟斗,摔了多少次跤,终于学会了。

——马烽《五万苗红薯秧》

王栓牛……就是脾气有点犟,外号人叫"老牛筋"。

——马烽《结婚现场会》

老张师傅名叫张来兴,当年在亳州是一把好手,后来因为脾气刚直,得罪了东家,东家便把他辞退了。

——赵树理《张来兴》

这类例证,不胜枚举。从上述例证中,多少已经能使我们产生这样的印象,即山药蛋派作家笔下的人物中以"倔"为其性格特征的绝不在少数。其实,上述所列举的,远远不是山药蛋派作品中具有这类性格的人物形象的全部(后面我们还要大量引述、分析)。那么,为什么会在山药蛋派诸多作家的诸多作品中,如此大量、集中地出现具有这一类性格特征的人物?这不能不使我们将这种现象与山西地方的民风民性特征联系起来加以考察。

"表里山河,称为完固"的地理形势,使山西成为军事上的战略要地。《资治通鉴》认为:"河东山河险固,风俗尚武,士多战马,静则勤稼穑,动则习军旅,此霸王之资也。"因此,历来就有"天下之形势,必有取于山西"的说法。由于山西的这种战略地位,历史上,山西这块土地上一直征战不断,加之山西自古多有游牧民族的侵扰、融合,颇受尚武风气影响,因而形成了剽悍刚劲的民风。早在《汉书·地理志》中就有这样的记载:"太原、上党又多晋公族子孙,以诈力相倾,矜夸功名,报仇过直,……汉兴,号为难治,常择严猛之将,或任杀伐为威。父兄被诛,子弟怨愤,至告讦刺史二千石,或报杀其家属。""钟、代、石、北,迫近胡寇,民俗懻忮,……自全晋时,已患其剽悍,而武灵王又益厉之。故冀州之部,盗贼常为他州剧。""定襄、云中、五原,本戎狄地,颇有赵、齐、卫、楚之徒。其民鄙朴,少礼文,好射猎。雁门亦同俗。"这就是说,山西自古就有尚武传统,这种传统渗透于山西民风民性之中,形成了剽悍、刚直、勇武等特点。这里突出了山西剽悍民风与历史传统的关系。

在许多历史文献中都对此有所强调,如《明统志》云"绛州风俗人性刚悍,多勇敢"等。但"刚悍""剽悍""过直""勇敢"等民风民性的形成,根源可能并不止于历史传统,"风气刚柔,系乎水土",这是有一定道理的。一地的民风民性与该地的水土、地气肯定有着密切的关系,而且,这种水土、地气还并不是指我们上述的地理形势,而是就山西地区本身的水土、地气特点而言的。对于这一点,也有许多文献记载中谈到过。如《新五代史》中说"潞州山川高险,而人俗悍劲";《临晋县志》中说"临晋,土刚而燥,人多负气好斗"。这里都谈到了水土、地气特点与风气民性之间的关系。山西大部分地区海拔在一千米以上,是一个山地性高原,且地表破碎,起伏悬殊,地形险恶。"常临险者胆大",生活在这种环境中的人,自然会多出一份勇武和刚强。山西土壤也很特别,我们在前面引述的许多文献材料中常称山西土地"硗确""硗瘠",

就是指山西土地坚硬、贫瘠而多石，也就是所谓"刚壤"的意思。在这种土壤条件下讨生活，必然要付出更艰辛的劳动，也更能练就劳动者强健的体魄，并且也培养了在此地区生存的人民的顽强奋斗精神。总之，由于山西特殊的水土、地气特点，再加上特殊的历史传统，就形成了山西民风民性中的"刚"的特点。这与其他地区相比，特别是与江南平原土沃多水条件下形成的江南民风民性中的"柔"的特点相比，正好构成鲜明的对照。难怪自古就有"骏马秋风冀北，杏花春雨江南"的绝佳诗句出现。山西民风民性中"刚悍"的特点，世代相传，少有变化。我们从历代历史文献记载中可以看得非常清楚：

《隋书》："河东、绛郡、文城、临汾、龙泉、西河……其俗刚强，亦风气然乎？太原……俗与上党颇同，人性劲悍，习于戎马。离石、雁门、马邑、楼烦……皆连接边郡，习尚与太原同俗，故自古言勇侠者，皆推幽、并云。"

《太平寰宇记》："晋州……《别传云》：'刚强，多豪杰，矜功名，薄恩少礼，与河中太原同。'"

《资治通鉴》："河东山河险固，风俗尚武。"

《宋史》："河东路……其俗刚悍而朴直。"

《大元一统志》："泽州，人性质而好学其气豪劲。"

《方舆胜览》："蒲州……风土刚劲，豪杰辈起。"

在山西各地方志中，这类记载尤多，如"岚县，其性悍""榆次，其性刚""平遥，风气刚劲""介休，好勇义""永宁，士多慷慨，民亦质直""隰州，民质直劲勇""凤台，气豪劲"等。

上述文献中所谓"刚强""强悍""劲悍""劲勇"等，用语虽略有差异，但大致的意思是相近的，都显示了山西民风民性中的"刚悍"的特点。

这种刚悍的民风民性，体现在山西有些地区的人身上，比较明显的外在表现是负气好斗。如我们前面曾提及的马烽的《村仇》《谁可恶》、西戎的《两涧之间》、孙谦的《大红旗与小黑旗的故事》等山药蛋派作品中所写到的村与村之间、人与人之间的械斗。这些作品中所写的械斗，其起因多是抢水浇地，但也有时仅为一点小小引子，如有时竟是闹社火中的争强好胜！西戎《两涧之间》中这样写道："两村相距不到半里，隔河喊人都能听见，可是人们总是把村与村的界限看得那么严，就连正月十五闹社火这种娱乐活动，也会发生纠纷。两家的班子碰了头，你说你的好，我的更要比你的强，为了压倒对方，鼓捣烂，锣打破，闹到最后相持不下，只要大户长辈一出口，双方便打开了架，耍刀弄棒，真叫怕人！"有时一件小事或一点误解，轻易就可能会引发斗殴干架的事件，束为的《租佃之间》就有这方面的描写。一个叫二小子的佃户，因听说东家抽了自己的地转佃给另一个叫作六十八的农民了，他也不问清楚事情原委，只觉得是六十八端了他的饭碗，因而便气愤地赶到六十八家，不容争辩地一把将其从被窝里拉下炕来，两人"就像一对凶恶的疯狗一样扭打了起来"。打架、生事在有些村子里是家常便饭。马烽《村仇》中写到田村人与赵庄人之间因械斗结下的村仇，他们相互指责，田村人说"赵庄霸道极了"，赵庄人却说"田村家可是万恶啦，人性赖"。这虽是相互间的恶语攻击，但多少反映了这两个村子里人们的负气好斗的共性。据赵树理的二妹赵玉琴回忆，赵树理的家乡尉池村在旧社会也有打架、生事的传统。她说，相传尉池村原称"吕窑"，后来唐朝大将尉池恭杀了人，到这里避难，村名也因此改为"尉池"。每年农历十月十五人们在尉池庙祭典。庙里原有尉池、关公的神像，据说原来尉池神像在正殿，每逢晚间总有兵器响声，尉池村里的人总好与邻人打架、生事。于是，将尉池的神像挪到偏殿里，以求平安无事。马烽在《忆童年》中也有类似的回忆，说他从小在家乡常见到村与村之间、人与人之间的打架、械斗等。

不过，山西民风民性的刚悍，并不主要是表现为负气好斗。更为深入的表现是在人的习性、性格等方面。刚悍的民风民性深入每个具体的山西人的性格中时，就使山西人性格中普遍都带有一点"倔"的特点。这也正是我们所以在山药蛋派作品中常能看到以"倔"字来形容人物性格的原因。这种"倔"在不同的人身上虽然有着不同的具体表现，但在总体上却大致相近，并共同标示着"刚悍"民性特征的重要方面。

在读山药蛋派作品时，山西农民的"倔"的性格给我们印象最深刻的是在女性身上表现出的刚烈、倔强的特点。赵树理《灵泉洞》中的金虎娘，性格刚强，绝无一般中国农村妇女身上普遍存在着的那种逆来顺受的软弱。她的二儿子银虎是区干部，被中央军抓走了，金虎爹气得生了病。但金虎娘却说："这老头就是见不得事，小肠窄肚的！"她劝老头子道："醒醒，金虎爹！碰上晦气事谁能不生气，可生气又抵什么用？咱的孩子又没有杀过人，放过火！没有罪！咱的孩子跟狼叼走了一样！你醒一醒，歇一歇，咱们想个法子到狼嘴里夺咱的孩子去！"金虎娘所奉行的行为准则是，事到临头，怕也怕不了，只有"顶"着上，用她自己的话说："哭抵什么事？我一辈子就不会哭！数哭没用哩！"当村上人在谈论着无恶不作、一度外逃的"杂毛狼"又随中央军回了村时，村上的小胖他娘不禁打了个寒战，她说："娘呀！又该人家吃人了！"但金虎娘却临危不惧，鼓励大家说："天塌了大家顶！事到了头上怕也不算！顶着吧！割了头不过碗大个疤！"一个"顶"字，将人物的刚强性格鲜明地凸现出来了。

与金虎娘的刚强相比，赵树理《李家庄的变迁》中的二妞，其性格更为刚烈。村上的恶霸春喜强占她家的地皮，还偷摘她家的桑叶，她不屈服于威势，当场抓赃，并一气之下砍了树。村上的社头、恶霸联合起来整治她家，将她丈夫叫到了村公所，二妞冲进村公所大嚷："不行！不是凭你们的力气大啦！贼是我捉的，树是我砍的，谁杀人谁偿命！该犯什么罪我都领，不要连累了我的男人！"当村公所冤判她家赔偿春喜家的"损失"后，二妞不信邪，对她丈夫说："胖孩爹！咱就到县里再跟他滚一场！任凭把家当花完也不能叫便宜了他们！"并对孩子的爷爷说道："爷爷！你不是常说咱们来的时候都是一筐一担来的吗？败兴到底也不过一筐一担担着走，还落个大！怕什么！"这里，在二妞身上体现了一种敢作敢为敢当，不斗则已、一斗到底的顽强精神。接下来的一个细节是，二妞和她的丈夫，后来被春喜等一群恶霸捆起来，要往县里送，二妞的弟弟白狗抱着她的儿子小胖孩站在二妞旁边，"小胖孩伸着两只小手向二妞扑。二妞预备去摸他，一动手才想起手被人家反绑着，随着就瞪了瞪眼：'摔死他！要死死个干净！'口里虽是这么说着，眼里却滚下泪来。"这一个细节，将人物的那种刚烈的性格表现得淋漓尽致。山西女性的那种刚烈与火爆式的脾性，我们还可以在孙谦《拾谷穗的女人》中见到。王三女是王家塌的粮秣员，专门负责解决过往八路军的吃饭问题。这天马二娃带着两个日本反战同盟的朋友往军区走，马二娃让王三女给做饭，王三女一见是日本人，顿时变了脸，向马二娃说："做饭！？你们哪里来的哪里去，我们王家塌不支应日本人！"王三女把簸箕扔到墙角，气倔倔地坐在灶火前，不说话了。马二娃气极了，直着嗓子叫道："你到底做饭不！？"王三女满不在乎地说："我就不做。"马二娃说："你不做，我毙了你！"马二娃嗖地掣起枪来，王三女蹲过来就抓住了枪杆。王三女圆睁大眼，气呼呼地说："你也不打听打听：王家塌谁怕你这根破捅火棍！"这场"争斗"当然只是一场误会，但这一情节却将王三女那种火爆刚烈的脾性活灵活现地展现出来了。女性的刚烈、倔强，在赵树理《孟祥英翻身》中的孟祥英身上，也表现得非常突出。孟祥英身上有那么一股子倔强劲儿，他对于来自婆婆和丈夫的欺压，绝不屈服。婆婆无理地骂娘，孟祥英说："我娘死了多年了，现在你就是我的娘！你骂你自己吧！娘！"婆婆克扣她，不给补衣服的布，她据理争辩，使婆婆无言以对。婆婆命儿子打孟祥英，她把棍子夺了过来。"按'老规矩'，丈夫打老婆，老婆只能挨几下躲开，再经别人一拉，作为了事。"孟祥英不只不挨、不躲，又缴了他的械。为此，丈夫恼羞成怒，用镰刀将孟祥英头顶上打了个血窟窿，这也没使孟祥英屈服。她不断反抗，甚至两次自杀，两次又被救活。正是这种敢说敢干敢于反抗的倔强性格，使她日后走上了翻身求解放的革命道路。这里还应提到的是马烽《金宝娘》中的金宝娘。金宝娘年轻时很漂亮，地主刘守忠的儿子刘贵财想勾搭她，遭到了拒绝，于是刘贵财抽回了她家的租地，又把她丈夫说成是共产党，使她丈夫被村公所关起来。金宝娘夜间扛上镢头，拿了几件衣服，从村外绕到村公所后面，刨开后墙，救出丈夫。丈夫逃出后，金宝娘上有瞎婆婆，下有小金宝，无法生活，靠乞讨过日子。但刘贵财又放出话，谁要施舍金宝娘家，谁就是他的对头，想以此逼着金宝娘就范。金宝娘为了婆婆的病，为了把金宝抚养成人，万般无奈，走了接客的路。尽管在这样的处境之下，当刘贵财送来钱财想搭上金宝娘时，金宝娘仍寻死上吊也不接待，她宣称："我宁接个狗也不接贵财，他是我家的仇人，我恨他一辈子！"金宝娘虽沦落下潦，仍不失内在的傲骨。这里显示出的也是一种刚烈与倔强！

在山药蛋派作品中，像上述这类具有刚烈、倔强性格的女性形象并不少见，如孙谦《南山的灯》中的冯有梅、马烽《杨家女将》中的杨玉环、《韩梅梅》中的韩梅梅、西戎《终身大事》中的秀女等。可以说，在山药蛋派作品中的多数女性形象身上其实都或多或少暗含着倔强、刚烈的性格特点。山药蛋派作品中众多的女性形象向人们昭示的是一种颇为奇特的现象：女人非但不等于软弱，而且简直就是刚强的代名词！

在山药蛋派作品中，山西农民的"倔"的性格在男性形象身上也表现为刚烈、倔强，其程度比女性的刚烈、倔强更甚，但其表现形式却更为丰富。这里，首先要提起的是山西老农民中的那么一种"倔"老头：年纪较大，脾气暴烈，爱动肝火，性格鲜明，给人留下了很深的印象。我们先来看几例有关这类性格特点的具体描写。西戎的《盖马棚》中是这样描写德厚老汉的性格的：

德厚老汉的外号叫"不好惹"，他一辈子身上发生的怪事，说起来叫你好笑，也叫你生气。远的不讲，譬如去年有一次，老汉下沟里去担水，走到半山坡上，忽然担钩断了，有一只水桶，顺着山坡咕咕噜噜地滚了下去，老汉提了另一只水桶，在后面追赶，水桶滚到一块平地里，眼看就要停住了，老汉跳下去，伸手正要去抓，水桶正好滚在了地畔上，没有停稳，摇晃了两下，一翻身，又从山坡上滚了下去。这一下，把老汉惹毛了，站在地畔，眼看着水桶滚到了沟底，他才怒气冲冲地跑了下去，走到水桶跟前，先用手指着水桶质问道："你再给我往下滚，怎么不滚了？"说时，弯腰从地上端起块大石头来，照着水桶砸了下去，嘴里骂着："这一下我叫你滚！我叫你滚！"水桶被砸得粉碎了，老汉似乎觉得心里还很痛快。

在叙述完了这段德厚老汉的过往后，作品接着写他与副社长三虎的一场龙虎斗。副社长三虎也是个犟脾气，工作不注意方式，为解决盖马棚的木料，未预先征求德厚老汉的同意便在会上宣布借用德厚老汉家种的几棵成材的树，为此引发了两个倔脾气之间的争吵。三虎指责德厚老汉"落后"，德厚老汉指责三虎"厉害"，二人眼见就要动手干仗，三虎被人拉到一边。作品这样来描写接下来德厚老汉的举动：

  德厚老汉的脸气青了，歪着头，挺着脖子，直往三虎那边冲，连说："你敢打？你敢打？我今天倒要看看你孩子有多大能耐！"

  多亏社长有生力气大，用臂把德厚老汉紧紧挡住，他才没有冲过去。德厚老汉退到墙根，蹲下来。今天真算气坏了，胡须在发抖，手也在抖，他抽出烟袋来抽烟，一连划了好几根火柴，总是划不着，老汉大声骂着："人倒了霉，碰见鬼了，连洋火都跟我作对！"用力把火柴盒往地上一摔，用脚踩了粉碎。有生在旁边，赶快从身上掏出火柴，划着一根送给德厚老汉，德厚老汉说："不抽了！"说时，把烟袋也一脚踩成了两截，甩在了门口。

  体现在德厚老汉身上的这种急躁暴烈的性格绝不是独例，我们再来看马烽《结婚现场会》中对王栓牛老汉的描写：

  我问他们王栓牛是怎样的个人？他们告我说：这老汉年纪将近六十，贫农成分。抗战时期当过民兵，土改时期是积极分子。出身好，劳动强，为人正派。就是脾气有点犟，外号人叫"老牛筋"。平素少言寡语，说出话来能冲倒墙。你要他往东走，他偏要往西行。有时候还自己和自己闹别扭。有次他掏大粪，不小心溅到了裤子上几点。他火了，拿着粪勺向茅坑里猛戳，嘴里还不住地喊："你就溅，你就溅！"结果溅了一身一脸。

  他们说了好多这一类的事，很可能有些夸张，不过从中也可看出这是个脾气古怪的老头。

  王栓牛原先同意不要男方彩礼，让女儿女婿参加村上的集体婚礼。可就在县委书记来参加村上举行集体婚礼的"结婚现场会"时，突然变卦，声称非要收彩礼不可，否则不让女儿参加集体婚礼。这是故意冲着县委书记以及"开现场会"这种表面文章而来的。县委书记上门做工作，他大提意见，毫无顾忌。他女儿怕他酒多失言，不给他斟酒，劝他少喝，"老牛筋瞪了她一眼说：'我的手也没掉了。'说着就要下炕。二兰妈忙接过酒壶来，又给他倒了半壶，并给他斟了一盅"。他的老伴二兰妈听得他越说话越难听，便向他连连劝酒。可他偏又向二兰妈猛发起火来。"老牛筋道：'你想把我灌醉？我偏不喝了。'他说着把那盅酒又倒回了酒壶里。随即端起碗来喝糊糊"。王栓牛老汉的这一系列举动都明确显示出了人物的"犟"劲儿，其爱动肝火的暴躁脾性恰可与德厚老汉"媲美"。属于这类性格的还有西戎《王仁厚和他的亲家》中的"说不了三句话就得抬杠"的赵大叔、胡正《除害》中的"脾气耿直暴躁"的李旺身、孙谦《拾谷穗的女人》中的"见了不顺眼的事就要动肝火"的马二娃的爹等。

　　确切地说,如果仅用"脾气暴躁,爱动肝火"等是并不能完全说明德厚老汉、王栓牛老汉等这类人物的性格特点的,因为"暴躁、爱动肝火"等只是他们临事时所表现出的外在行动的特点,完整地说,只有用"外急内仁"才更能准确概括他们这类人物的性格特征。所谓"外急"是指爱发脾气,爱动肝火,性格倔强;而所谓"内仁",主要是指内在的善良。他们的"外急"的动机,常常并非出自恶意,而且如果一旦明白过来,改变起行动方向来也干脆利落,绝不拖泥带水。德厚老汉发脾气,拒绝出借木料,是针对三虎对他的不尊重。而一旦社长张有生向他解释清楚后,德厚老汉立刻"在有生肩膀上拍了一下,很痛快地说:'好吧,既然话说到这里,跟我走!'一把拉上有生,拨开站在门口的人往外走了",德厚老汉"不光把那四棵树借给社里用,家里准备下今年盖房子的砖瓦,也答应先借给社里盖牲口棚"。王栓牛要彩礼,阻止女儿参加集体婚礼,是为了表示对当时流行的只做表面文章、不解决实际问题的风气的不满。可是当他在结婚现场会上,听到县委书记在报告中,讲到了如何切实使农村富起来,以真正彻底消灭买卖婚姻等之后,他认为这说出了他心里要说的话,是"得劲措施",因此出人意料地在现场会快要结束时让女儿和女婿参加了集体婚礼。人们对王栓牛老汉的评价:"他是属鸭子的,肉煮烂,嘴也是硬的!"这再形象不过地说出了人物"外急内仁"的特点。

　　赵树理《三里湾》中王满喜的性格特点,也是一种典型的"外急内仁"。王满喜平时也是火暴性子,外号叫一阵风。这人急公好义,爱打抱不平。"惹不起"指桑骂槐,影射菊英与满喜有嫌;对"惹不起"这样的无赖,菊英认为不理他算了,但满喜认为一来是自己受冤枉,二来"也是为了不想连累菊英",于是,他火起性子与"惹不起"大闹一场,以"一阵风"的威风制服了别人不敢碰的"惹不起"。"常有理""惹不起"合伙欺侮菊英,不给菊英吃饱饭,作为证人,满喜不避嫌疑,勇敢作证,并激发知情而不敢做证的有翼说出实话,让"常有理""惹不起"当众出丑。在火暴性子的另一面,满喜又是个"好心肠的人":"能不够"与丈夫袁天成闹翻了,袁天成要离婚;满喜平时不赞成"能不够",只想让她吃亏,但满喜毕竟不忍心看到这一家子被拆散,所以在"能不够"自动让步时,他便又"诚心诚意帮着她劝袁天成私下了一了拉倒";在满喜调解之下,并答应担当"保人"之后,总算成全了这对老夫妻,没有让他们闹到调解委员会去。小俊因自私、懒惰而与玉生离婚,村里人看不起她;

小俊割豆子将手上刺出了血，又被父亲袁天成骂了一顿"无用"；但满喜出于好心肠，劝住了袁天成，又与小俊换了活儿。用作品的原话来说，满喜是个"好说怪话、办怪事，可是又有个好心肠"的人，这种特点，其实也正可以用"外急内仁"来加以概括。

　　山西人的"倔"里常常隐含着一种不愿受制于人的桀骜不驯的特点。如赵树理《张来兴》中的张来兴，"脾气太直"，"认理真得很，自己有理的事，连一句也不让"。在伪财政局做厨子时，有一次局长让他去给自己的汉奸干爹何老大家帮厨，但立即就被张来兴顶了回去："明天要摆席，今天晚上叫我一声让我马上就去，我是他家的狗？我就连边沿也拍不着一点，去干什么？我又不是他家的狗！"局长火了："反了你，一个穷厨子，摆什么臭架子？好大个厨子！就算我这个局长劳不起你的大驾，难道何先生也劳不起你的大驾吗？你那眼里还有谁呀？"张来兴毫不畏惧，"把脖子一扬，很认真地回答说：'局长！我姓张！'这一下差一点没有把局长气死，气得他直瞪着眼，大张着嘴，足有一分钟也没说上话来。因为局长也姓张，可又是何家的干儿子"。张来兴因此又丢了饭碗，但他毫无悔色。再如马烽《村仇》中的田铁柱，这人身上有股子怪脾气，"看见不忿的事爱打抱不平，和谁处对了，身上的肉也愿意割给人家；和谁闹翻了，九牛也拉不回头"。田铁柱给地主赵文魁家做活。"有一年夏天割麦子，田铁柱靠着地畔往前割，正巧赵文魁打着伞出来'照畔'，低声对田铁柱说：'往外多割上两垅！'田铁柱一听，大声说：'往外再割就割到人家地里了！'赵文魁见他大声嚷嚷，挺不高兴，骂道：'你混蛋！'这下田铁柱也火了，把镰刀一扔说：'你才混蛋！老子吃不了你这碗饭，咱算账！'他就真的带着婆姨回了田村"。在张来兴和田铁柱这两个人物的身上，都表现了一种蔑视权势、"不为五斗米折腰"的气概。过去，将他们的这种言行举止解释为"阶级情绪"或"爱憎分明的态度"等，这不免过于将人物性格政治化和伦理化了。其实他们身上所体现的就是一种具有地域特点的所谓"刚悍朴直""质朴劲勇""劲而轻生"的民风民性。这是他们与前面列举的德厚老汉、王栓牛老汉、王满喜等人物的一个共同之处。说白了就是，这类人身上都有这么一股别扭劲儿，吃软不吃硬；弄顺了，无事不可；惹毛了，豁出性命也毫不在乎。这是"倔"这一性格特点的最典型的表现形态。

　　这种性格特点表现得比较突出的，我们还可以举出赵树理《刘二和与王继圣》中的聚宝。聚宝老汉身上"有一股别扭劲，只会说一股老直理，人送外号'锻磨锤'，理说顺了怎么说怎么应，要是惹起他的脾气来，什么难听他就说什么"。作品通过一段"点戏"的细节描写，突出了聚宝老汉的"别扭劲"。聚宝喜欢听戏，也懂戏。这天村上请戏，开戏前村主任让教书先生叫聚宝点戏。先生找到聚宝，他这时恰被"派差"给戏台上点灯。又要点灯，又要点戏，惹得聚宝老汉弄了个"别扭"：

先生见他上了台，就挤到台跟前仰起脸向他说："聚宝！你给咱点戏吧！"他说："可以！等我点上灯盏！"先生站在台下等，等了一会，见他才点着了一盏，就催他说："就且点着一盏吧，村主任说叫你去点戏啦！"先生就只多说了个"村主任说"就惹起他的脾气来了。他说："我不管！点灯能派差，点戏可不能派差！"台下另有人劝他说："去吧聚宝！这不是派你的差，是我们大家请你去！请你给大家点几出好戏看看！"他说："你叫先生说清楚，看究竟是大家请我去呀，还是村主任派我去？"说罢仍然点他的灯。先生知道他素日的脾气，因为怕耽误时间，也只好说："去吧去吧，是大家请你，不是村主任派你！"他也没有再说什么，仍然是先把灯点好，才跟先生去点戏。

尽管只是"点戏"这件小小的事情，但人物的性格却鲜明地显现出来了。聚宝老汉不是作品中的主要人物，他的出场主要也就是这段表现，作者对这个偶尔出场的人物却描写得如此生动，正说明作者对这类性格是太熟悉了。这是毫不奇怪的，既然这类性格在山西乡村具有普遍性，那么作家在写起来时也就是驾轻就熟、得心应手的事。也是在这篇作品中，连放牛娃刘二和身上也有一种鲜明的"倔"劲。刘二和无故被东家的伙计打了一顿，他知道这是少东家王继圣挑唆的，于是一见到王继圣便骂道："妄嘴说人也叫死他全家了！"东家王光祖觉得刘二和敢在东家面前骂人，太放肆了，上去"劈嘴打了重重一巴掌，打得仰面倒在场里"。作品写道：

二和"哇"地哭了一声，爬起来唾了嘴里的血，仍哭着辩道："放个牛就这么下贱？想打就打？打也得说个理吧？"王光祖一瞪眼道："你还要跟我说理呀？"说着又一耳光打去，二和却跑开了。

二和这一回下了决心，就一边跑一边顶他道："伙计、伙计不说理，东家、东家不说理，我任凭再跟我爹去讨饭也不敢给你放牛了！我还怕你们打死我啦！"说着头也不回，牛也不圈，饭也不吃，一股劲跑回自己家里去了。

连小孩子也这么"倔"，可见"倔"在山西人性格中的普遍性。在山药蛋派作品中，这类描写是非常多的。我们还可以再看看马烽《老社员》中的一段描写：

贺老栓就是这么个人，他要打定主意往东走，一百个人也劝得他去不了西，任你天王老爷的话，他也听不进去，除非他自己改变了主意。从前，他给潘德润当了十多年长工，一九四七年土改的时候，好多人劝他起来诉苦，揭露地主的罪恶，他不理这个茬。工作团一个姓张的同志，一连和他谈了两天，他一句话都没讲。第一次开斗争会的时候，他连会场都没进，喝了二两酒在家盖上被子睡了。那天晚上，地主婆姨偷偷给他送来了一百块白洋。第二天他就把白洋端到了会场上，跑上台去把地主痛骂了一顿，会后就领着贫雇农们去刨底财，刨粮食，丈量土地。后来形势紧张，忽然传来一股谣言，说阎锡山的军队要来了，凡是分地主财产的人，一律要砍头。村里有些人，暗地里把分到的财物和地契悄悄又退给了地主。左邻右舍都劝他赶快给地主退财物，他老婆也整天哭哭啼啼劝他给自己留条后路，可是贺老栓死活不干，他说："不要说砍头，就是千刀万剐也行。要退果实，等太阳从西边出来吧！"

  我们很难将聚宝老汉对"村主任说"的反感归结为阶级对立情绪，更难将贺老栓的举动视为一种阶级意识的觉醒。对他们的举止言行，也许从他们身上的倔强的性格、别扭的脾性方面去找寻解释，反而更为合理。

  在山西人的"倔"中，有时还会有那么一种执拗，这不是表现为外在的刚烈和反叛性，而是表现为内在的一种执着、一种骨子里的倔强。如胡正《汾水长流》中的王连生，他五次要求入社，多次受阻而不灰心，终于以其执着的努力实现了自己的愿望。其执拗、倔强的特点非常明显。赵树理笔下的福贵在这方面更为典型。福贵受王老万盘剥，闹得倾家荡产，最后还被王老万诬为坏人，险些遭到活埋。家乡解放了，清算了王老万。福贵回到故乡，他认为归还被王老万夺去的土地、房子"都是些小事"，他不求别的，只要求王老万"对着大众表述表述，出出这一肚子王八气！"。在斗争会上，他执拗地要一个"说法"：

  "咱爷们这账很清楚：我欠你的是三十块钱，两石多谷；我给你的，是三间房、四亩地，还给你住过五年长工。不过你不要怕！我不是跟你算这个！我是想叫你说说我究竟是好人呀是坏人？"

  "……我不是说气话！我不要你包赔我什么，只要你说，我是什么人！我这次回来，原是搬我的孩子老婆，本没心事来和你算账。我想就这样不明不白走了，我这个坏蛋的名字，还不知道要传流到几时，因此我想请你老人家解释解释，看我究竟算一种什么人！看这个坏蛋责任应该谁负？"

  福贵在流浪、苦熬中活下来了，并且终于有了他说话的机会，但他却并不着意于失去的财产，也未表示出强烈的报仇欲望，他执着如冤鬼，纠缠如毒蛇，说一千道一万，就只是要王老万给他一个"说法"，还他一个"清白"，其性格的执拗更是显而易见。这种执拗在《三里湾》中的满喜身上也有表现："在别人认为值不得贴上整工夫去闹的事，在满喜为了气不平，也可以不收秋，也可以不过年。"可以说，外在的敦厚隐含着内在的执拗、倔强，这也是山西农民"倔"的性格的比较普遍的表现形式之一。

山西人的"倔"的显性特征，如刚烈、倔强等性格方面，常常是在临事时才表现得特别强烈，而在通常情况下，并不显示出来，相反，有时作为性格常态的，倒是从容、平和的一面。这也是山西人的"倔"的特点之一。马烽曾说起过，"原来在抗战期间他见过黄河上摆渡的艄公，他们身上往往有一种懒散和病态""但是一遇风急浪高，险情出现，他们立即就变成另一种人，另一种性格，或性格的另一方面就展现出来"。这其实很能代表相当一部分山西人的性格特点。马烽《我的第一个上级》中的老田就是如此。他平时干什么事都显得不紧不慢，连走路也是"迈着八字步""倒背着走""慢吞吞的"。"有一次老田下乡去了，独个住在一间房子里。半夜里起了大风，忽然房顶上'咔嚓'一声巨响，把他惊醒了。他躺在被窝里动都没动，拿手电向屋顶照了照，只见房梁快要折断了，好像马上就要倒塌的样子。他看了看，自言自语地说'我就不信等不到明天！'翻了个身，又睡着了。"这种从容劲儿，简直到了绝妙的程度。但在面临大堤决口的险情时，老田头显出的又是性格的另外一面。大堤决口，水势凶猛，连堵几次都失败了，连堵决口专家老姜头也认为"堵不住了"，建议把人往下撤，早点守住护村堰，一时人心慌乱，议论纷纷。"这时只听老田头大声喝道：'别动！谁敢挪动一步，马上把谁填到水里！'他脸色铁青，眉眼恼得怕人，语气十分坚决。大家都呆住了，立即鸦雀无声。老田头像只猛虎一样转脸对老姜头吼道：'非堵住不可！你再胡说八道惑乱人心，我先把你填到水里！你要敢离开这里一步，我马上把你推下去！'老姜头也给吓住了，蹲在那里一句话也没敢说。"接着老田头亲自带头跳下水去，挽成人墙，挡住急流，一面指挥人们在后面打桩填土，终于保住了堤坝。在险情面前，老田头充分显示出了性格中的刚烈甚至暴躁的一面。马烽《四访孙玉厚》中的孙玉厚也是如此。孙玉厚老汉做了多半辈子长工，是一个老实本分的农民。自儿子参加革命后，整天为儿子的生命安全担惊受怕。区委书记看他忠实可靠，好几次动员他参加共产党，"每次他总是摇摇头说：'家里有一个在党的就行了，我参加不参加也一样给你们做事。'"可以说，玉厚老汉最初只是随着儿子参加一点革命工作，并不显得特别积极。但儿子忽然被敌人抓住并杀害了，玉厚老汉性格的另一面立即显示出来：他当晚用石头砸死了敌人两个哨兵，连夜偷偷把儿子的尸体扛回来悄悄埋了，并且立马到山里去找到区委书记要求入党。此后，玉厚老汉成了远近闻名的民兵队长，"他已经是五十岁的人，可是比年轻小伙子们劲头都大，打起仗来像一只猛虎"。偶然事件激发起了玉厚老汉性格中刚悍倔强的一面，使他一改此前平和从容的性格。可以说，在老田头、玉厚老汉的性格中，原本就隐含着刚悍倔强的一面，只是在平常情况下并不显露出来。而一旦到了关键时刻，在临事时，这种潜隐的性格便会激发出来。

从上述大量的举证中，我们可以更为清楚地看出，山西人"倔"的性格的普遍性。上述所举人物，虽各有个性，各有其对事、对人的不同方式，但在其性格深处却有着共同的特点。"倔"，的确能够准确地概括他们性格的基本方面。"倔"，从严格的字面意义上解，包含着"强硬""不屈""倔强""性格耿直执拗"和"言语行动生硬，不随和"等特点。上述人物性格的特点，基本不外乎这些方面。山药蛋派作家能准确地抓住这个"倔"字，正说明了他们对山西人性格的重要方面的准确把握。

山西地区刚悍的民风民性的氛围，不仅养成了山西人所特有的"倔"的性格，同时也养成了部分山西人"赖"的性格。如果说，"倔"基本上可视为刚悍民风民性的正面表现形态，那么"赖"就是刚悍民风民性的负面表现形态。所谓"赖"，也就是指怠惰、泼悍、耍赖、撒赖、胡搅蛮缠的意思。在山药蛋派作品中，有许多人物形象就明显带有这样一些性格特点。这种"赖"的性格特征的产生与刚悍的民风民性有着某种必然的联系，因此，"赖"也应视为地方性格的一个方面。

刚悍的民风民性在多数山西妇女身上体现为刚烈、倔强的性格特点，但刚悍的民风民性却也在另外一些妇女身上体现为泼悍、耍赖、胡搅蛮缠的性格特点。这类性格，在山药蛋派作品中也给人留下了极其深刻的印象。山药蛋派作品中体现了"赖"的性格特点的人物形象，最早的应数《小二黑结婚》中的三仙姑。作品中有这么一段描写：

远远听着有个女人哭，越哭越近，不大一会就来到窗下，一推门就进来了。二诸葛还没有看清是谁，这女人就一把把他拉住，带哭带闹说："刘修德！还我闺女！你的孩子把我的闺女勾引到哪里了？还我……"二诸葛老婆正气得死去活来，一看见来的是三仙姑，正赶上出气，从炕上跳下来拉住她道："你来了好！省得我去找你！你们母女两个好生生把我个孩子勾引坏，你倒有脸来找我！咱两人就也到区上说说理！"两个女人滚成一团，二诸葛一个人拉也拉不开，……三仙姑见二诸葛老婆已经不顾了命，自己先胆怯了几分，不敢恋战，少闹了一会挣脱出来就走了。二诸葛老婆追出门来，被二诸葛拦回去，还骂个不休。

小二黑与小芹谈恋爱被村上的坏人捉住送到区上，小芹的母亲三仙姑并不是真关心自己女儿的命运，"三仙姑去寻二诸葛，一来为的是逗逗闹气的本领，二来为的是遮遮外人的耳目，其实让小芹吃一吃亏她很高兴，所以跟二诸葛老婆闹了一阵之后，回去就睡了"。这里，"逗逗闹气的本领"，就是典型的"撒赖"，所谓"遮遮外人的耳目"，说明她的哭闹是装出来的，虚张声势。作为与三仙姑相对应的二诸葛老婆，也不是等闲之辈，整个作品中写这个人物虽只就这么几笔，但这个人物的性格也已现出。她敢于与三仙姑打成一团，且"不顾了命"，在三仙姑撤退后还"追出门来""骂个不休"，其泼悍程度不在三仙姑之下，难怪三仙姑要"胆怯了几分""不敢恋战"。这段描写，一石双鸟，活灵活现地塑造出了两个具有泼悍撒赖性格的妇女形象。

不知是赵树理对这类泼悍撒赖性格的女性有着特别的表现兴趣，还是由于山西乡村这类性格特别具有普遍性，在赵树理笔下，这类性格的人物形象表现得比较多，也特别生动。如《孟祥英翻身》中的孟祥英的婆婆、《三里湾》中的"常有理""能不够""惹不起"、《"锻炼锻炼"》中的"小腿疼""吃不饱"等，都属于这类性格。

孟祥英的婆婆"有个特别出色的地方，就是个好嘴。年轻的时候外边朋友们多一点，老汉虽然不赞成，可是也惹不起她——说也说不过她，骂更骂不过她。老汉还惹不起，媳妇如何惹得起她呢？"。她可以为一只扫笤寻把，无休止地连孟祥英的爹妈一起骂上。孟祥英说："娘！不用骂了，我给你用布补一补！"她回道："补你娘的×！"一次，她又与孟祥英发生争辩，她眼看自己理亏，于是立即跑到地里叫他儿子："你快回来呀！我管不了你那个小奶奶，你那小奶奶要把我活吃了呀！"召回儿子，将孟祥英痛打了一顿，以此出气。这活脱脱一个泼婆悍妇的嘴脸。

《三里湾》中的"常有理""能不够""惹不起"各有个性，但也有共同的特点，这便是耍赖、胡搅蛮缠。"常有理"并不是真讲理，而恰恰是有理长三分、无理搅三分，越是理亏，越要把自己说得绝对正确。"惹不起"是善于耍赖，常常胡搅蛮缠，别人很难跟她据理争辩，所以别人对她只能是惹不起、躲着走。作品通过"常有理"和"惹不起"勾结起来欺侮菊英这一情节，写出了两人的"赖"性。菊英被婆婆"常有理"派去磨面，劳累了一天，可"常有理"和大嫂"惹不起"却早早吃完午饭，只给菊英和她女儿留下一点面汤，当菊英去找村干部评理时，"惹不起"居然耍赖说："说瞎话叫你烂舌根！我给你留的没有面？""常有理"甚至还振振有词地说："大家吃什么你也只能吃什么！磨个面又不是做了皇帝了！我不能七碟子八碗给你摆着吃！"当然，最后在证人的证明下，她们两人的诡计总算露了馅。"惹不起"的赖劲还可以从她与满喜的一场"交锋"中看得更清楚。满喜帮"常有理"打扫东房，以便安排下乡干部住，"常有理"不放心，怕丢了东西，让"惹不起"去帮忙，"惹不起"一向懒惰怕干活，便推说有事。"常有理"便又派菊英去帮忙。菊英四岁的女儿玲玲与"惹不起"八岁的儿子十成吵起架来，满喜劝了十成几句。"惹不起"听到了便指桑骂槐地说起荤话来："十成！你这小该死的！吃了亏还不快回来，逞你什么本事哩？一点眼色也认不得！人家那闺女有妈！还有'爹'！你有什么？"骂过这阵还不解气，索性更露骨地说："你这小死才怎么还不出来，不怕人家打死你？人家男的女的在一块有人家的事，你搅在中间算哪一回哩？"这是典型的泼妇无赖的语言。接下来便是满喜与她的"交锋"：

　　满喜也不管她惹得起惹不起，走出东屋门外来问她说："你把话说清楚一点！什么男的女的？"惹不起说："我说不清楚！除非他们自己清楚一点！"满喜走过去一把揪住她说："咱们找个地方去说！我就非要你说清楚不可！"满喜一揪她，她便趁势躺倒喊叫："打死人了！救命呀！"这一招要是对付别人，别人就很难分辩，可是对付满喜这一阵风便没有多少用处。满喜说："你要真死了由我偿命，没有死就得跟我走！"说着使劲儿捏住她的胳膊说："起来！"惹不起尖尖地叫了一声"妈呀"就乖乖地跟着他的手站起来，还没有等站稳，就被他拖着向大门那边走了两三步。

　　这里揭示出了"惹不起"耍赖的全过程：先是骂，专拣最恶毒的话骂；当满喜动真格的时候，她又躺倒撒泼、胡搅蛮缠；而这一招不灵时，便开始装孙子。"惹不起"的"乖乖站起来"与三仙姑的"胆怯""不敢恋战"颇有相似之处。耍赖的人大抵有这样的共通之处，先是蛮横不讲理，虚张声势地闹，而一旦遇到真厉害的对手，便立即找寻退路、装老实等。《三里湾》中，把赖劲表现得最为充分，且将撒赖加以"理论化"的要算是"能不够"。"能不够"的泼悍、耍赖最为"经典"，村里人对她的评论是"骂死公公缠死婆，拉着丈夫跳大河"。她的女儿小俊初结婚时，她曾"把她自己做媳妇的经验总结成一套理论讲给小俊"：

　　她说："对家里人要尖，对外边人要圆。在家里半点亏也不要吃，总得叫家里大小人觉着你不是好说话的；对外边人说话要圆滑一点，叫人家觉得你是个好心肠的人。"她说："对男人要先折磨得他哭笑不得，以后他才能好好听你的话。"从前那些爱使刁的女人们常用"一哭二饿三上吊"的办法她不完全赞成。她告小俊说："千万不要提上吊——上吊有时候能耽搁了自己的性命，哭的时候也不要真哭——最好是在夜里吹了灯以后装着哭；要是过年过节存了一些干粮的话，也可以装成生气的样子隔几天不吃饭。"这些办法她都用过，要不天成老汉也不会像现在这样听她的话。

　　"以上还只是她一些原则的指示，后来的指示就更具体了"。她挑唆小俊分家:"你犯不上伺候他们那一大群,应该跟玉生两个人分出来过个小日月;不过你不要提分家,只搅得他们一会也不得自在,他们就会把你们两口子分出来;等分出来你们一方面过着自己的清净日子,一方面还可以向别人说是他们容不得人把你们分出来的"。在"能不够"的挑唆下,小俊终于闹得分开了家。"分开家这几天,能不够更抓紧时间教了小俊一些对付玉生的原则和办法"。后来闹得小俊又与玉生离了婚。小俊最后是落得个鸡飞蛋打,"一头抹了,一头脱了":离开了玉生,也没有嫁成有翼。"能不够"自己最后也在天成老汉的"革命"中出尽洋相。"能不够"的"赖",说到底与"常有理""惹不起"等大致相似,无非是耍泼、撒赖、胡搅蛮缠,只是"能不够"将这些上升到"理论"层面,使她显得技高一筹,不过,结局却都一样。

《"锻炼锻炼"》中的"小腿疼"和"吃不饱"的"赖"也是非常典型的。这两个人共同的特点是怠惰、讨巧、装病、耍赖。

"小腿疼"虽才五十岁,却定要摆婆婆架子,不仅自己不下地劳动,还要拖住媳妇在家侍候她。当有便宜可占时,她也偶尔下地,这便是在社里的麦子没割完时,她去捡麦子,半捡半偷。用她自己的话说是"拾东西全凭偷,光凭拾能有多大出息"。后来社里发现这个秘密,规定拾的麦子归社,按斤给她记工,她就又不干了。还有摘棉花,在棉桃盛开因而每天能超定额一倍多时,她便下几天地,等到超定额的可能性不大时,就又不下地了。她装称小腿疼,"不过她这'疼'疼得有点特别:高兴时候不疼,不高兴了就疼;逛会、看戏、游门、串户时候不疼,一做活儿就疼;她丈夫死后儿子还小的时候有几年没有疼,一给孩子娶过媳妇就又疼起来;入社以后是活儿能大量超过定额时候不疼,超不过定额或者超过的少了就又要疼"。"吃不饱"虽年轻,但也是好吃懒做。她与丈夫恋爱期间就提出条件,结婚以后不下地劳动。她在家实行"独裁"政策,经济大权由她掌握,除做饭和针线活以外的一切劳动全由丈夫承担。自实行粮食统购以来,她便时常喊叫吃不饱。她常常在吃饭上克扣丈夫,等丈夫下地后自己在家偷着做好的吃。社里叫她劳动,她便说粮食不够吃,吃不饱不能参加劳动。与"小腿疼"一样,"吃不饱"在有取巧的机会时也偶尔下地,但便宜活做完了就仍然喊她的"吃不饱不能参加劳动"。这两人除了上述怠惰、取巧、装病等共同特点外,还有就是讳疾忌医,批评不得。当"能不够"知道有人贴大字报批评她们时,她的第一个反应就是去挑唆"有理没理常常敢到社房去闹的'小腿疼'","小腿疼"果然闹到社里要打架,只是在听说打架要罚款坐牢时,她才住手,但嘴却不软。一次偷棉花被抓住之后,"小腿疼"最初是使撒赖的惯技,直到听说要"送交法院"时,她才认了错。

对于"三仙姑""孟祥英的婆婆""常有理""能不够""惹不起""小腿疼""吃不饱"这一类特殊性格的人物，在以往的研究中，所关注的是这些人物的思想特征。从这些人物的落后思想中找寻这些人物行为的根源，这无疑是正确的。但是，这里有一个有趣的现象被忽略了，即为什么这些人在行为特征上有这么大的趋同性？这种趋同性的根源绝不仅仅在于人物的思想意识，因为这些人物思想意识的内容和程度并不完全一致。而且，即使是相同的思想内容和思想程度在不同的人身上可能会导致完全不相同的行为方式。因此，这类人物行为特征和性格上的趋同性，应视为共同的民风民性氛围下的结果。与作为山西地方性格之一的"倔"一样，"赖"显然也属于山西地区的一种地方性格。这种性格所具有的普遍性，使我们不仅仅在赵树理作品中能大量读到这类人物形象，而且在几乎所有的山药蛋派作家笔下我们都能读到对具有这类性格的人物形象的精彩描写。在这里，我们可以再举数例。

西戎的代表作《赖大嫂》中所塑造的赖大嫂这个人物，在其"赖"的性格特征上也很有典型性。没有实证材料能确指作者给人物冠以"赖"姓就是在突出人物的"赖"劲，但从作品中人物的特点看，作者的这一意图是很明显的。赖大嫂在性格特征上可谓"小腿疼""吃不饱"的天然的姊妹，这也是一个具有怠惰、取巧、耍赖、胡搅蛮缠等特点的人物。作品是通过赖大嫂两次养猪的历史来展示人物性格的。第一次养猪，是队里与食品公司订合同，规定社员养一头猪供应一百斤饲料。赖大嫂领了猪饲料以后，只过了三个月，便通知队里说她的猪突然生病死了。让她退出剩余饲料，她说猪已吃完了。她这真是一举两得，既省了养猪的麻烦，又落下了猪饲料。第二次喂猪，队里规定不供应饲料，自喂自养，收入归己。这次赖大嫂仍有取巧的办法：她将小猪抓回来以后，不圈不喂，整天在场里拱麦秸垛、在庄稼地里啃庄稼。群众意见很大，队里召开养猪会议批评她。副业组长立柱妈"并没有敢指名赖大嫂有什么不对，赖大嫂当场就跺着脚骂起来：'立柱妈，你说话说清楚，不要指冬瓜骂葫芦，你看见我的猪吃了哪里的庄稼？你们抓住了？是我的不是？瞎呀！这真是墙倒众人推，鼓破乱人捶，看见我脑袋软，好欺侮是不是？你们这么血口喷人不行！'"终于有一次猪又在啃庄稼时被民兵队长立柱逮住了，在这样的事实面前，赖大嫂非但没有认错，反而更加施展出她的"赖"劲：

赖大嫂号叫着进来了。双脚刚在院里站稳，伸手指着立柱便嚷："你们欺侮地我还能活不能！"

立柱妈本来已经躲进屋里，见赖大嫂的来势不善，忙返身出来，不等立柱张嘴，先笑脸迎上去说："你大嫂，你是寻猪的吧！我家立柱给你圈住了，他看见它在社里的地里,怕……"一语未了,赖大嫂把镰刀似的脚,连连跺了几跺,说:"谁说我的猪到了庄稼地里?到了哪块地里?为啥不把我叫出来让我看?我的猪压根儿就不会到地里!我把它喂得饱饱的,整天卧在圈里,鞭子都打不出来,它怎就能到了地里?你们娘母打牌定计,一回一回地欺侮我,我和你家祖宗三代有了什么仇?"说罢,仰起脖颈,瞪着眼,呜呜哇哇地干号起来。

立柱听得火起来了,上前责问赖大嫂说理不说理。面对这结实的后生,赖大嫂心中着实有点胆寒,但嘴上仍未停止撒泼:"你打你打!反正我三十七的阳寿也活够了!"赖大嫂"一面凶神恶煞地叫嚷,一面直往后退,她心里也有个主意:要是把这个后生的火性逗起来,挨他两巴掌,够自己受的"。后来,猪被立柱妈放了回去,赖大嫂还未轻易罢休,直到天黑的时候,仍站在自己大门口,用她"那石鸡子滚坡似的高嗓门""数数划划地在骂"。

这种泼悍撒赖的程度,绝不亚于"小腿疼"和"吃不饱"。

我们再来看胡正《汾水长流》中的杨二香这个人物。杨二香的无理要求得不到满足时,便寻衅闹事,想借此离婚,与酒店掌柜赵玉昌私奔。作品详细描写了她要泼撒赖的一段精彩表演:

"你单知道自己吃死食,就不管管我的穿戴。收了夏你分了多少钱,也不再给我做两身衣衫!"

刘元禄一听话头不善,但还是暂时忍了一口气:"收了夏刚做了一身衣衫,怎么又要做两身?"

杨二香说:"就做那么一身烂脏衣衫,我有脸穿上去城里住娘家?你不嫌丢人,我还嫌败兴呐!"

刘元禄说:"出门的好衣衫你又不是没有,结婚时就给你做了三身。"

杨二香知道讲理讲不过他,就撒赖道:"就指望娶亲时做上几身衣衫,叫我穿一辈子,你养活不起我了,就休了我,省得你狠心地克打我,连衣衫也不给我做。"

刘元禄有些忍不住了。

"谁克打你?你还活得不如意?"

杨二香就干脆耍开了无赖:

"就是你克打我。跟上你穿不上好的,吃不上好的,整天侍候你家那老不死的和小挨刀的,村里还要逼住我下地受苦,你们村里就没一个好人,你们刘家也没一个好人。我真是瞎了眼跳高高跳到圪针窝里来了。我要早知道落到这一步的话,就是老死在我娘家吧,我肯跑到这狼窝、狗窝里来?"

刘元禄听她连出恶言,就顶了她一句:"你有话就正经说,少这样嘴里不干不净的！"

杨二香这时直想挑事生非，戳起他的火来，大闹一场，便瞪起眼问他："我怎么就嘴里不干净？"

刘元禄也鼓着眼问她："你骂谁？"

杨二香问他："我骂甚来？"

"什么狗窝、狼窝、圪针窝！"

一听刘元禄也说出这话，杨二香趁势一翻脸嚷了起来：

"好！你也会编排着骂人了？我怎么是狼、是狗、是圪针？吃你来，咬你来，还是扎你来？反正我在你们刘家受死罪、熬累死也落不下好，你整天地骂我、欺侮我，我也活不下去了，走吧，今咱们就离了婚算啦！"

看见刘元禄不但没发火，反而坐到椅子上去，她便叫喊着一头扑到刘元禄身上，拉住他的胳膊，硬逼住他问道：

"你说吧，今日你不给我说个明白，我就不让你！"

这时候，杨二香仍是狠劲用手拉拽着他的胳膊，而且还用她那又尖又长的指甲使劲掐他。一阵疼痛使他心里一股火起，便闪手用力甩脱胳膊，杨二香也就乘势跌倒在地，而且先在地上打一个滚，又踢倒桌旁的椅子，抓散自己的头发，随后就哭吼着爬起来，一头撞到刘元禄怀里，撞得他一阵恶心，两眼直冒火星。

杨二香可算是使出了赖女人寻衅闹事的全副本领：没事可以生出事来，没由头可以找出由头，先是主动出击，然后再嫁祸于人，这是典型的胡搅蛮缠。

如果说杨二香本质上就是个坏女人，其耍泼撒赖乃情理中事；那么孙谦《队长的家事》中的乔玉霞则应算是农村的好妇女了：她能干，绣一手好花，远近有名，且是劳动的好手。但即使在这样一个人物身上，我们却看到了与本质上是坏女人的杨二香相类似的性格特点和行为特征。平心而论，乔玉霞还是挺体贴丈夫的，家务事儿几乎全包了。但她在与丈夫闹矛盾时，也一样有那种耍泼、撒赖、胡搅蛮缠的本领。事情的起因是组长叫她下地，但她恋着家务事儿，就是不肯出勤。组长将她劝恼了，她便发作起来，先是借打女儿撒气，后是直接将组长骂了个狗血喷头。这时，当队长的丈夫金寿回来了，也只是劝了她几句，便惹得越发不可收拾：

乔玉霞又气了："你也气我？"

"该气的时候，就得气一气！"

"好哇，咱们不活了！"

…… ……

乔玉霞端起搁在窗台上的面盆，就要往地上摔。……

乔玉霞已经开始明白自己说错了话，可她又咽不下那口气去。她挣扎着恢复了勇气，撒赖地说："你厉害——你厉害把我吃了！"

她俯下身来，准备向金寿撞去。眼看着老两口要动武了，家鹤扑过来拉住了母亲："妈！妈！"

乔玉霞使劲嚷着："我不活了！我不活了！"

从人品来说，乔玉霞与杨二香二人不可同日而语，但一些行为特征又如此相像：两个不同的作家在分别描写这两个人物时，都用了一些同样的动词，如"撒赖""撞""嚷"等。其实，上述这类女性"赖"性发作时，大抵都是这类动作，大同小异而已。不敢说这些行为动作特征也具有地域性，但却可以肯定，这种耍泼、撒赖、胡搅蛮缠的"赖"的性格，在山西乡村妇女中绝不属于个别现象，否则就很难理解，为什么在山药蛋派不同作家笔下会不约而同地出现许多这类性格的人物形象。

"赖"的性格特点，不仅存在于妇女身上。在山药蛋派作品中还可以看到，"赖"的性格特点在一些男性身上，甚至在一些小孩子身上也同样存在。如马烽《三年早知道》中的赵满囤，就很带有一点耍奸取巧的特点。社里让他喂牲口，他只精心喂养自家带进社里的两个牲口，其余则瘦得皮包骨。让他赶大车给社里买炭，他占用公款买私货，回来后谎称路上桥塌了。让他到农田劳动，"劳动态度实在赖，碰到重活装肚疼"。对于别人的批评，他不是嬉皮笑脸，就是假装"完全接受"，整个儿一个赖相。只不过他的"赖"中缺少了前述人物形象中的泼悍而已。再如胡正《汾水长流》中的孙茂良，这个人身上的"赖"性就更明显了。他强拉社里的牲口想去跑运输，在与饲养员争夺缰绳的过程中又打破了一个饮牲口的水瓮。可当社长说要给他处分，还得赔一个水瓮时，他非但不认错，反而发起了"赖"劲。

他就一跳三尺高地叫道："赔水瓮，处分我？我不受你管啦！我给你们动弹了一冬一春，你们给过我什么？就给我一个处分？哼！谁不知道我孙茂良是穷小子一名，我坐上锅连下的米都没有，拿什么赔水瓮！我一冬一春没粮吃，你管过我？吃不到盐，倒不来醋，抽不上烟，点不上油，你管过我？把处分给你留下，先让我退社吧！"

这里整个儿一个"穷狠"！犯了错不认错，反而倒打一耙，这也是一种撒赖。作品中评价这个人物时说："孙茂良这人，有个叫驴脾气：顺毛摸了，怎也行；戳着他了，翻脸不认人。"所谓"叫驴脾气"是山西农村特用来形容具有某类性格特征的人的，这类性格有时以"倔"的形式表现出来，有时以"赖"的形式表现出来。由此看来，"倔"和"赖"只是表现形态上的不同，内里有着某种共通的东西，它们孪生于山西特定的民风民性的氛围之中。

我们在山药蛋派作品中还可以从一些小孩子身上看到某种"赖"劲。如赵树理《刘二和与王继圣》中的王继圣，一个小孩子家，从小"跟他爹学会打耳光，说打谁就要打谁"，在学校里"谁敢不顺他，小巴掌就打到谁脸上去"，平时开口闭口就是"× 你娘"。一次在野地里，他先欺侮放牛娃小囤，可小囤不但不吃那一套，还要起而还击，于是继圣便开始耍赖："只躺在地上大哭大骂""继圣这躺在地上大哭大骂，也是一种厉害——在家里他娘怕这个，在学校先生怕这个，每逢他这样一闹，总得劝半天"。从继圣这个小孩子的表现中，我们也隐约可以感到一种"赖"性的存在。再如《三里湾》中"惹不起"的儿子十成。十成欺侮比他小的玲玲，满喜只是劝了一下，"这下惹恼了十成。十成发了脾气有点像他妈，又哭、又骂、又躺在地上打滚，弄得满喜收不了场"。从十成身上可以看到，"赖"也是有"家传"的。当然，对小孩子的耍赖，这与小孩的天性有关，原是当不得真的，但在山药蛋派作品中，这并不是一个可以随意忽略不计的方面，因为作家在表现这些小孩的"赖"时，是强调其承袭关系的，如王继圣的学他爹，十成与"惹不起"脾气的相像。因而，从这些小孩子的"赖"劲中，我们似乎也能感到，在他们的生活环境中，确有一种养育这种脾性的氛围。

在山药蛋派作品中还有一类被作家称之为"二流子"的人物形象，在这类人物形象身上，"赖"性是以极端的形式表现出来的。土改以后，解放区曾发动过改造"二流子"的工作，当时曾面临一个如何界定"二流子"的问题。山药蛋派作家脑中对这一问题是有所思考的。他们一方面为那些毫无道理地被旧观念视为"二流子"的人正名，一方面在作品中描写了真正的二流子的形象。如赵树理在《福贵》和《田寡妇看瓜》这两篇作品中写到的福贵、秋生，他们为生活所迫，染上了赌、偷的恶习，但就其秉性而言，他们并不坏，相反，他们身上常常显露出敦厚、正直的一面。因而作者对他们并无谴责，相反，还从理解的角度为他们说话。可以看出，山药蛋派作家在界定"二流子"时，人性的"赖"与"不赖"，是一个重要的尺度。他们痛恨的是农村中那些游手好闲、懒散怠惰、耍奸取巧、耍泼撒赖等已成秉性的人，他们认为这才是真正的"二流子"。

一些二流子，他们白天斗地主，晚上就钻到地主家里吃吃喝喝，接受地主的钱财，在群众中散布什么八路军要走了，旧政府又要回来了等的谣言。这类人物在作品中比较典型的是赵树理《邪不压正》中的小旦和西戎《王德锁减租》中的赵栓儿。小旦一贯讹人骗人，被村上人称为"一大害"。地主刘锡元有势力时，他狗仗人势，逼迫聚财将女儿软英嫁给刘锡元的儿子刘忠做填房。土改时摇身一变成为"积极分子"——原本是给躲到荒山上的刘锡元父子跑腿通风报信的，后来发现风声不对，便自告奋勇领着人把刘家父子捉了回来，在斗争会上他见到刘家势力已倒，便也积极"控诉"，并因而分得了不少果实。后来见元孩、小昌这些过去的穷人当了干部，转而向他们卖乖献好，还要将原来由他逼嫁给刘锡元儿子的软英转说给小昌当儿媳。土改后他看到刘家的产业还留得不少，背地里又悄悄给刘忠他娘赔情。赵栓儿也是一个典型的"二流子"，他诡巧而机警，有地产但不愿劳动；土改中，对干部先是谩骂后是逢迎；为了半块冷窝窝、两碗面汤，便可以给地主赵剥皮当走狗，到处造谣生事。小旦和赵栓儿正应是当时改造"二流子"工作中的改造对象。很显然，山药蛋派作品中的"二流子"，不是从政治身份、经济地位等方面来确定的，而主要是从人的品性乃至习性上来确定的。在这些"二流子"的身上，的确将"赖"的特点发展到了极端。可以说，对"二流子"的产生与地方性格的负面因素的关系，山药蛋派作家是有所认识的。当时专门提及改造"二流子"问题，足见"二流子"现象还比较严重。当然，不能仅仅从地方性格的角度来解释"二流子"现象，这还应与山西特殊的地理条件、生存环境等方面联系起来加以考察。由于山西地瘠民贫、地狭人稠，产生了一大批失却土地者。这些人基本上属于农村浪人，成为乡村中特殊的人群。这些人在游移不定的职业、漂泊的生涯中，极易丧失本色庄户人的敦厚秉性，极易染上恶习。可以说，也正是在这些人身上，地方性格的负面因素方才更会得到泛滥。

综上所述，山西地区在特殊的历史传统和地理条件下形成了特殊的刚悍的民风民性，这种刚悍的民风民性的氛围使生活于该地区的人在其性格上都或多或少带有"倔"与"赖"的特性。"倔"和"赖"分别以正、负面形态标示着刚悍的民风民性的特征。山药蛋派作品中大批人物形象所体现的"倔"和"赖"的性格特点，正是山西特殊地方性格的投影。对有"倔"或"赖"的性格特点的人物形象的大量塑造，无疑是山药蛋派作品具有浓烈的地域特色的又一重要方面。同时，这也再次显示出了山药蛋派作品与三晋地域文化的不可割裂的联系。

第四章　山药蛋派文学展示的地方民俗

　　热衷于展示山西地区的民俗，这是山药蛋派作品的一个显著的特点。对此，研究者们早就注意到了。早在20世纪60年代初就有人在分析赵树理的作品时明确指出："《登记》里的罗汉钱、玩龙灯、说媒、走娘家，给我们以多么深刻的印象。"

　　离开了民俗，赵树理也就难以说他的故事和创造他的形象。没有阴阳八卦、黄道黑道的描写就没有二诸葛；没有摆香案、头顶红布装扮天神的描写就没有三仙姑；没有罗汉钱就串联不起小飞蛾和艾艾的故事；没有"老"字辈、"小"字辈称号的介绍就不能那么深刻和生动地表现老槐树底下人们所处的阶级地位；没有端着碗出来吃饭的描写，《李有才板话》《"锻炼锻炼"》的情节就得重新安排。由此可见赵树理对于民俗的描写是自然而巧妙的，民俗对于赵树理小说生活化、形象化、群众化、民族化的作用是显著而重大的。当然，这里还仅仅是从民俗描写对作品故事叙述和人物塑造的意义来看问题的。也许，在现代文学史上，没有哪一个小说流派能像山药蛋派这样较大幅度地反映地方乡规民俗。而在以往的研究中，对山药蛋派作品中民俗描写的独立意义和独特价值的挖掘是很不够的。真正属于地域性的文化特征，常常并不保存在显性的正统的文化观念之中，而是存活在民俗文化之中，是以下层人民的活着的生存方式和生活方式体现出来的。更明确地说，就是在风俗习惯中往往能较多地保留地域文化特色。黄遵宪早就指出过，"天下万国之人、之心、之理，既已无不同，而稽其节文而南辕北辙，乖隔歧异，不可合并，至于如此，盖因其所习以为之故也。礼也者，非从天降，非从地出，因人情而为之者也。人情者何？习惯也。川岳分区，风气间阻，此因其所习，彼亦因其所习，日增月异，各行其道。习惯既久，至于一成而不可易，而礼与俗，皆出于其中。"这里，黄遵宪甚至将风俗习惯视为地域文化差异的主要标志。因此，我们要论及山药蛋派与"三晋文化"的关系，显然绕不开对山药蛋派作品中的有关民俗展示的分析。

可以说，反映民俗的意识在山药蛋派作家那儿是非常明确的。翻开山药蛋派作品，人们不难发现经常出现的诸如"这地方的习惯是……""这地方的风俗是……"等的句式。其中赵树理的作品最为明显，例如：

这地方的风俗，凡是送这种对联的，酬客的时候都是有酒无饭，一酒待百客……

——《李家庄的变迁》

按地方习惯，每逢被提升的县、区长离任的时候，地方士绅便向老百姓收一笔钱，请他吃顿饭，送些礼物。礼物是用绸缎之类的料子，写上几个恭维性质的金字，名叫"帐子"……

——《金字》

从这种特殊句式中我们可以看出，作者对于表现地方风俗和习惯的强烈兴趣。当然，这种兴趣并不仅仅属于赵树理，而是属于整个山药蛋派的。

民俗是一个大概念，它包括民间的风俗习惯、宗教信仰和民间文艺这三大类。对此，我们在前面的陈述中已经有所涉及，如受制于地理条件而形成的山西地区独特的日常生活习惯、特殊的自然条件下形成的求雨的习俗、特殊的水土地气养育成的民风民性等。在这里，我们还将对诸如礼仪民俗、岁时民俗、乡间娱乐形式等民俗中最为形式化、最具传承性、最具普遍性的因素做专门的论述。因为这些方面是山药蛋派作家刻意表现的，因而也较为精彩，较具民俗学价值的部分。

第一节　奢华的婚丧礼俗

早在《汉书》中就有这样的记载："太原、上党……嫁取送死奢靡。"这种"奢靡"的特点一直保存在山西地区的婚丧礼俗之中。

就丧礼而言，山西各地方志中多有类似甚至完全相同的记载。这里略举几则：

《泽州府志》（五十二卷清雍正十二年刻本）："丧礼，俗尚奢靡，又多泥阴阳之说，淹柩不葬。自含殓以至下窆，品物、刍灵穷极华炫。民间初丧，鼓吹延六七日不绝声，积习难反。"

《沁州志》（十卷清乾隆六年刻本）："丧礼，送死多厚于奉生，颇合慎终之义。含殓、窆赗、旌志、举篓，遵古礼者。惟浮屠、阴阳之说，未能尽革。

富室旧用梨园送殡，今奉严禁，皆罢。（州县同。间俗，纸财幢幡过于侈靡，灵辅彩饰至值百金；贫者转托亲友远方借贷，务为观美。……）"

《高平县志》（二十二卷清乾隆三十九年刻本）："丧礼，俗尚渐侈，又多泥堪舆家说，故有淹柩甚久者。自含殓至下窆，品物、刍灵多务华炫，宴吊客，筵必丰腴；葬后行受三礼，客恒数百人，饮无算爵，最为靡费。……"

《长子县志》（二十一卷清嘉庆二十一年刻本）："丧礼，送死多厚于养生，颇合慎终之义。含殓、窆赗、旌铭、举篓，皆遵古礼，惟阴阳、浮屠之说，未能尽革。"

《临汾县志》（六卷"民国"二十二年铅印本）："慎终之礼，邑人颇知从厚。例如，衣衾、棺椁，苟粗能自给之家，莫不竭资营办。"

《沁源县志》（六卷"民国"二十二年铅印本）："本县对于送死，颇知从厚。相死之日即殓，衣衾、棺椁，视家有无，大抵竭力购备。"

虽然在山药蛋派作品中，对丧礼的直接展示较少，但也还是多少透露出了丧葬"奢靡"的信息。山西农民素来节俭，贫穷人家，本也无力厚于丧葬，但在其风俗氛围之中，却不能不以"转托亲友远方借贷"，甚至借高利贷来完成丧礼。如《福贵》中，原来福贵家有三间房四亩地，日子也还勉强过得下去，但因母亲故世后，买棺木，请阴阳，央人送葬，缝制孝服，请人吃喝等，自此欠下了债务，落下了贫根。这里显示出的是一种民俗的支配力量。

在山药蛋派作品中表现较多的是婚俗。婚俗在山西乡间保留得最为完备，婚嫁礼仪也比较繁多。虽然山西各地方志中有关婚娶礼仪的记载比较多，但终究比较简单，远不如山药蛋派作品中向人们展示的那么丰富、生动和具体。如果将方志中的有关记载与山药蛋派作品中的描述对比起来看，是很有意思的。各地方志中有关婚嫁礼仪的记载很多，大同小异，这里，我们选择几则，陈列如下：

《临汾县志》（八卷清康熙五十七年刻本）："婚礼各处不同，大约六礼之中仅存其四：问名、纳采、请期、亲迎而已。亦有不亲迎者。女家勒索聘礼，男家苛责妆奁，自诗礼旧家而外，鲜有免者。"

《泽州府志》（五十二卷清雍正十二年刻本）："婚礼、问名、纳采、请期，民间通用，惟纳徵、亲迎，则士大夫行之。旧志载，行礼每较厚薄；至亲迎又择年貌相若者饰之偕行，名曰'陪婿'。"

《高平县志》（二十二卷清乾隆三十九年刻本）："婚礼、问名、纳采、请期，庶民同，惟纳吉、纳徵、亲迎，则士大夫行之。"

《绛县志》（十四卷清光绪六年刻本）："婚礼，恳媒说合，择吉纳采。

备彩帛、钗环等物，聘金有无不等，宴媒往送，各书启为凭。纳币，衣物倍纳采，备食盒或三架、五架，费时多寡不等。婚期，富者鼓吹往迎，迎妇至家，宾赞成礼。"

《沁源县志》（六卷"民国"二十二年铅印本）："初议婚时，男家或女家求亲友为媒，或亲友自动为媒，来往通言。如欲结婚，先将女家生辰八字送男家，相属无妨，然后拟议所送聘金及首饰、衣料等件，由男家择定换帖日期，令媒证送至女家；女家亦设席宴之，谓之'定亲'。斯日，两亲家各立婚证书，由媒往来互换。将娶之期，男家择吉，写帖请媒送之女家，手续与定亲同，惟不易帖。"

我们从上述征引中可以看出，有关婚嫁礼俗的记载，虽时间离现在越近便越详细，但终究过于简单、抽象，很难给人以感性的了解。能够在很大程度上弥补这种缺憾的，是山药蛋派的作品。

例如，上述方志中有关"问名"一项，一般均未做出解释，只是在"民国"时期的《沁源县志》中略有陈述，从这种陈述中我们也仅是知道了所谓的"问名"也就是请媒议婚，这包括合生辰八字、拟定所送聘金、首饰衣料等，但更为具体的情况就不得而知了。在山药蛋派作品中，对此却有丰富、生动、详细的描述。我们先来看西戎的《谁害的》这篇作品。作品围绕翠娥的婚事，详尽地展示了"问名"的全过程以及过程中的各个细节。"翠娥长到十八岁这年，方圆好多村子的人家都聘媒人来说。照老规矩：大凡儿子问媳妇，女子找婆家的重要标准：一是门当户对，一是人才相貌。不过一切都由父母主办。"在山西乡间，婚姻之事，直到 20 世纪 30 年代还是走"父母之命，媒妁之言"的路，绝无自由恋爱而成的。据 20 世纪 30 年代的有关县志记载，自由结婚，邑中尚少见之。两姓缔姻，大都媒妁居中，取得双方同意，然后择日换柬，行纳采礼。因此，在山西婚嫁民俗中，媒人和双方父母的作用是居中心地位的，尤其是在"问名"阶段。翠娥父母的考虑是带有普遍性的：她的父亲刘万财想在这婚事上多捞几个钱，因此每逢有媒人来探话，除了问明对方家资情况，顺便就探一探对方肯花多少钱？翠娥她妈，女婿好坏她倒很关心，不过她问起话来，开口就是女婿属什么的？"属相"合不合？在她心上，无疑问"属相"合不合比女婿好不好重要得多。翠娥虽然自己已爱上喜旺，但不好向父母明说，于是只好一面向媒人推托自己哪里也不去，一面将父母要为自己问婆家的事告诉给了喜旺。喜旺和他妈商议请了媒人去说，但翠娥"她爹她妈偏不愿意。她爹的理由，是嫌喜旺穷、花不起钱，当着媒人面推辞说：'我的女子还小哩，这阵不忙问，叫她长着吧！'她妈的理由是，说翠娥是属狗的，喜旺是属鸡的，怕'鸡狗不到头'。媒人回来一说，喜旺妈看见不行，就冷了口，又到别处给喜旺说亲"

这里，虽还未写出完整的"问名"过程，但作品已经初步展示了"问名"过程中有关钱财、属相的计较，以及"问名"过程中的巧妙推托。作品接着又写了一桩最终完成的"问名"的过程：

刘万财想到翠娥的亲事，便引马贵子到小摊摊上吃了几块糕，托他打问个头主。吃完了糕，刘万财安顿说："女婿大小好歹不说，只要门第家资好，能使唤个百二八十就行。"马贵子得了刘万财这句话，觉得这又是个捞钱买卖，高兴得满口答应，就把主意打到"德盛源"刘掌柜的儿子刘生源身上。

酒菜摆上来，两个人吃喝着，刘生源便先问："今年多大了？好看不好看？"

马贵子用拿筷子的手摆了两下，说："少东家，不是我夸口，这一道川，打上灯笼你也再找不出第二个！"他见刘生源听得出了神，便一面不放松吃肉喝酒，一面也不放松说话，吃一口，喝一口，说一句，把刘万财的翠娥怎么长、怎么短、相貌、身材、年纪、性情说了一大堆好（其实他连一次也没有见过翠娥）。说完了，便露出了一点难意的表情，道："什么也都好，就是刘万财那老头想多用两个钱！"

说到钱，在刘生源根本不是问题，而马贵子说这句话的用意，是想自己从中也捞点油水。

刘生源问："看样子得多少彩礼？"

马贵子说："多也不多，要依我看，那么好的女子卖个二三百块，人也是抢哩，可那老头的口气，有个一百四五十也就行啦！"

"这不难，要多少就给他多少，只要你给我把这事办成！"马贵子得了这句碗大汤宽的话，高兴得不得了，第二天，便去东土峪刘万财那面对口探话。

到了东土峪，马贵子见了刘万财，先把能出一百块钱的话说在前头，刘万财便算中了意，接着又把刘生源的家资表了一番，每句话，都离不了加一句"人家少东家"。这一溜"好"说完了，女婿好赖，只提了提，便算把刘万财说通了。剩下刘万财老婆，除了先问过女婿的属相以后，马贵子帮忙摇算了半天，也提不出什么意见，随后便又附加两个不行：第一，嫌岁数差下二十几年；第二，要看一下女婿的人样子。马贵子听了听，老太婆的口气并不十分坚决，意思不过是想多争点陪奁，便笑道："你老人家不用驳，从我马贵子眼里过去的人，就没个赖的！咱们一天不见三面天不黑的熟人，还能哄你？再说，说亲做媒，我也不是一遍两遍，你听我说，这些上头没你挑拨头，你只操心叫扯什么绸缎料子，捣什么银器吧！叫人家刘掌柜到省里办货去早些闹置！"叫他这么一说，老婆婆便没有什么不愿意了，随口说着："要的东西，你再来咱再见话，翠娥也不在，到她姐姐家去啦，叫她回来问一问再说！"马贵子见老两口答应下这亲事，便又高兴得往镇上回来。

这天马贵子又来问女家要的陪奁物件，正好碰上翠娥和她妈妈生气。马贵子企图用他的巧嘴，劝一劝翠娥，因说道："孩子，你听叔叔给你说，人活到世上，图的个什么，刘家'少东家'人家有的字号买卖，要穿要吃，只要张口就到。再说人家是什么的门第，出了外头，谁见面不是离了吼'少东家'不说话，放上福你不享，你要寻个庄户汉，整天受他的灰眉土眼，受那些洋罪啦！"翠娥回嘴道："他好是他的，我不受！"马贵子说："孩子，孩子，你看你在这山沟沟长了这么大，见过什么，吃过什么，将来住到那街镇地方，真是再好也不能了。人常说'住到城里，好比住到莲花盆里，住到村里，好比住到沤麻坑里'，你嫌这山圪塔地方还没住够？"翠娥又道："我嫌他年岁大，不务正！"马贵子道："噫，你可说下凉话啦，岁数大了好嘛，管家领事，不用你操心，你跟上吃口现成饭还不好？你看这阵，岁数大的有多少，又不是光你这一个？再说不务正也不怕，人家有钱，你还能不叫人家抖，你嫌他有毛病，将来你去了，多劝他，娶了老婆改了性的人多得很！"翠娥见他这样说，马贵子那样对，起了火，啐了一口说："早些滚得你远远的，不听你那些鬼话！"把门一摔出去，便找她姨姨去了。

忽然，听见翠娥妈在院里叫："姐姐，你快来，媒人来啦，你帮我给翠娥要几件东西来！"姨姨急忙把翠娥推起，说："女子，别给姨姨哭啦，叫姨姨去问他刘家给你多要几件衣裳、好银器，就把你那难活治啦！"

（姨姨）进门便对翠娥说："女子，你还哭啦，快别哭了，看眼肿成什么啦，醒一醒，你妈给媒人做下了饭，快回去吃去！"姨姨又对翠娥说："女子，姨姨今儿可给你要了好些东西，缎子袄料四个，裤料八个，银手镯四副，银绳、文明牌、滚肚绳东西可不少，够我娃好好穿戴一辈子哩——"

"成媒不成媒，先跑三四回。"马贵子两头跑了有六七回，总算把这门亲说定了，闹了个三头满意：刘生源不说花钱多少，总算找个好姑娘，满意了；刘万财两口，觉得高攀了这么个人家，也很喜欢，虽然女婿岁数有点大，但夫大妻小的事，多得很，虽然翠娥哭哭啼啼不愿意，但谁家给女子问婆家还能叫由了女子？这样一想，老两口便无忧无虑十分满意了；马贵子跑了腿，说了嘴，还从中暗暗用了三十几块钱，当然也最满意。所苦的，就是翠娥一个。十月初三，德盛源送来一百块彩礼，下了喜帖，择定腊月二十三日娶翠娥。

上面所征引的这段作品中，完整地描述了"问名"的全过程：从请双方媒人议婚开始，到媒人在双方之间反复说合；从女方提出要求，到男方发话应答；从合生辰八字，到媒人居中协调双方拟定聘金、彩礼，再到最后下帖择定婚期。

整个过程丰富而具体，形象而生动，所提供的民俗资料的信息量远远超过了方志的记述。即如方志中记载的"女家勒索聘礼""行礼每较厚薄"等，在作品中都有较为细致的展示，很能给人以感性的认识。作为特定婚俗的产物的媒人，在"问名"中的作用，作品的这段描述中也有所揭示。旧社会那些巧舌如簧、坑蒙拐骗、无所不为的吃"说合"饭的媒人的形象，由此可见一斑。因此，完全可以说，从真正形象生动地记录了山西婚娶礼俗的方方面面这一点来看，山药蛋派作品中的具体描绘远比地方志的记载更能够提供丰富具体、形象生动的民俗学的资料。

不仅是有关"问名"的记载和描述，在婚娶礼俗的其他事项上也是如此。如有关"纳采"，或曰"纳币""纳聘"的礼仪过程，在山药蛋派作品中也有非常丰富而生动的描述。如赵树理的《邪不压正》，作品写下河村王聚财的闺女软英，跟本村财主刘锡元的儿子刘忠订了婚，刘家在这一天给聚财家送礼，作品用了近12页的篇幅来写这次"纳聘"的全过程。聚财是普通庄户人家，而刘锡元却是方圆20里内的大财主，刘锡元看中了聚财的闺女软英，要娶她做儿子刘忠的填房，聚财虽心里不愿意，可又不敢得罪刘家，加上小旦这个媒人的"厉害"，所以也就只好应了这门亲事。聚财虽对这门亲事感到很窝火，但送彩礼这一天，一切都还得按当地"纳聘"的礼仪来。所以"聚财在头一天，就从上河村请他的连襟给媒人做酒席，忙了一天，才准备了个差不多"。

第二天一早，帮忙的亲朋好友便也陆续到了。于是东借西凑，摆开了桌椅，只等刘家送礼的上门。作品中这样记述了送礼的仪仗：

媒人原来只是小旦一个人，刘家因为想合乎三媒六证那句古话，又拼凑了两个人。一个叫刘锡恩，一个叫刘小四，是刘锡元两个远门本家。刘锡元的大长工元孩，挑着一担礼物盒子；二长工小昌和赶驮骡的小宝抬着一架大食盒。元孩走在前面，小宝、小昌、锡恩、小四，最后是小旦，六个人排成一行，走出刘家的大门往聚财家里来。安发的孩子狗狗，和另外一群连裤子也不穿的孩子们，早就在刘家的大门口跑来跑去等着看，见他们六个人一出来，就乱喊着"出来了，出来了"，一边喊一边跑，跑到聚财家里喊："来了！来了！"金生他们这才迎出去。

不知他们行的算什么礼，到门口先站齐，戴着礼帽作揖。进财和金生接住食盒，老拐接住担子，安发领着三个媒人，仍然排成一长串子走进去。

客人分了班：安发陪着媒人到北房，金生陪着元孩、小昌、小宝到西房，女人们到东房。

作品写出了送礼仪仗的"威风"：刘家为显阔，拼凑了有三个媒人参加的送礼队伍,且所送聘礼,有单人肩挑的,还有双人合抬的,六人"排成一行",极为"规范"。此外报信的、迎接的,对媒人和抬脚的不同安排等也各个依礼,有头有绪,有条不紊。作者在这些描述中甚至抓住了那些极不显眼的细节:"不知他们行的算什么礼,到门口先站齐,戴着礼帽作揖。"这在一般人,也许会忽略过去,但深通地方民俗礼仪的作者却抓住了。按地方志记载:"庆典、祀典、婚礼、丧礼、聘问,用脱帽三鞠躬礼。"这是很有意思的:刘家是大财主,讲排场、排威风,特以三媒六证之礼行聘,而刘家以及媒人们心中肯定是看不起普通庄户的亲家的,因而才会出现刘家的媒人一方面严格按部就班地依礼行事,另一方面又在行礼时的小节上有意无意地忽略"规范"——戴着礼帽行礼——的现象。如果说媒人们在行礼上多少表示出了对聚财家的并不尊重的话,那么作品接着写的一段礼仪行事中却又写出了礼节所未能拘限的乡间人情:

  各个房里的人都喝着水谈了一会闲散话,就要开饭了。这地方的风俗,遇了红白大事,客人都吃两顿饭——第一顿饭是汤饭,第二顿是酒席。第一顿饭,待生客和待熟客不同,待粗客和待细客不同——生客细客吃挂面,熟客粗客吃河落。三个媒人虽都是本村人,办的可是新亲戚的事,只能算生客,上的是挂面。

  在这段文字中,作者既介绍了有关红白大事的"这地方的风俗",同时又写了风俗所未能拘限的乡间人情,情愿吃河落,这并不是口味爱好的选择,而是一种人情的选择,不愿因"礼"而显出生分。由此可以看出,作家对乡间民俗礼仪过程的熟悉和把握是多么细致!他不仅通晓礼仪的全部过程,还善于把握礼仪过程中的人情世态,而这正是文学作品长于任何史志和方志的地方。作者对民俗展示的浓厚的兴趣更集中地表现在作品中接下来反复出现的在"这地方的风俗""按习惯"一类话题之下所做的更为具体的介绍:

  吃过第一顿饭后就该开食盒。这地方的风俗,送礼的食盒,不只光装能吃的东西,什么礼物都可以装——按习惯:第一层装的是首饰冠戴,第二层是粗细衣服,第三层是龙凤喜饼,第四层是酒、肉、大米。要是门当户对的地主豪绅们送礼,东西多了,可以用两架三架最多到八架食盒。要是贫寒人家送礼,也有不用食盒只挑一对二尺见方尺把高的木头盒子的,也有只用两个篮子的。刘家虽是家地主,一来女家是个庄稼户,二来还是个续婚,就有点轻看,可是要太平常了又觉得有点不像刘家的气派,因此抬了一架食盒,又挑了一担木头盒子,弄了个不上不下。开食盒先得把媒人请到跟前。聚财老婆打发老拐去请小旦,老拐回来说:"请不动,他说有两个人在场就行!"锡恩和小四说:"那就开吧!"按习俗,开食盒得先烧香。金生代表主人烧过了香,就开了。开了食盒,差不多总要吵架。这地方的风俗,礼物都是女家开着单子要的。男方接到女家的单子，差不多都嫌要得多，给送的时候，要打些折扣。比方要两对耳环只送一对，要五两重手镯，只给三两重的，送来了自然要争吵一会。两家亲家要有点心事不对头，争吵得就更会凶一点。女家在送礼这一天请来了些姑姑姨姨妗妗一类女人们，就是叫她们来跟媒人吵一会。做媒人的，推得过就推，推不过就说"回去叫你亲家给补"，做好做歹，拖一拖就过去了。

这里从送礼的食盒，到送礼的规格，再到开盒的规矩，以及"行礼每较厚薄"的惯例，一一细细道来，其细腻的程度，可谓无以复加。作品在介绍过这些"风俗""习惯"之后，又接着向我们描述了聚财家在聘礼上与媒人的较量。聚财家因为对这门亲事不情愿，要的东西自然多一些。而刘家虽有势力，不怕聚财家悔婚，但一来不想为此故意闹些气，二来自己家东西现成，三来是明知将来这些东西会随娶回的媳妇带回来，所以东西"送得像个样子"。但也没有完全按聚财家所索要的一一付给，其中打了些折扣，而且绸缎衣服之类还是刘忠前一个老婆的，要给软英穿，都窄小一点。女家本来就有气，加上聘礼并未完全如愿，于是便引发了种种较量：

不论好歹吧，女家既然有气，就要发作发作：聚财老婆看罢了首饰和衣服，就向锡恩和小四说："亲家送给的这些衣服，也没有见过大市面，不敢说不好，可惜咱闺女长得粗胖一些，穿不上。首饰的件数也不够，样子也都是前二十年的老样，没有一件时兴货。麻烦你们拿回去叫亲家给换换！"话虽然很和软，可是里面有骨头，不是三言五句能说了的事。锡恩岁数大一点，还能说几句，就从远处开了口。他说："聚财嫂，亲戚已经成亲戚了，不要叫那一头亲戚太作难。你想：如今兵荒马乱的，上哪里买那么多新东西？自然是有甚算甚。这不过是摆一摆排场吧，咱闺女以后过了门，穿戴着什么你怕没有啦？那件不合适，咱家的闺女就是她家的媳妇，他能叫咱闺女穿戴出去丢他的人？……"他还没有说完二姨就接上。二姨说："你推得可倒不近！他刘家也是方圆几十里数得着的大财主，娶得起媳妇就做不起衣裳、买不起首饰？就凭以前那死鬼媳妇穿戴过的东西顶数啦？"安发老婆也接着说："不行！我外甥女儿一辈子头一场事，不能穿戴他那破旧东西！"进财老婆拿着镀金镯子说："旧东西也只挑坏的送！谁不知道刘忠前一个老婆带着六两重的金镯子？为什么偏送这镀金的？"金生媳妇也说："这真是捉土包子啦！他觉着我们这些土包子没有认得金银的！"其实这几个女人们还只有她们两个见过金首饰，不过也没有用过，也不见得真认得，只是见这对镯子不是刘忠前一个老婆胳膊上那一对，并且也旧了，有些地方似乎白白的露出银来，因此才断定是镀货。

既然这种"计较"是属于"惯例"性质的，当然也不会对结果有什么实质性的改变，况且，这本来就是桩不平等的婚姻，因此，计较的结果就更可想而知了：

　　这时候，小旦的大烟已经抽足了，见小宝说外头有事，非要他不行，他就嘟嘟念念说："女人们真能麻烦！再吵一会还不是那么回事？"说着就走出来了。女人们见他出来了，又把刚才说衣服首饰不合适那番话对着他吵了一遍，他倒答应得很简单。他说："算了！你们都说的是没用话！哪家送礼能不吵？哪家送礼能吵得把东西抬回去？说什么都不抵事，闺女已经是嫁给人家了！"

　　聚财老婆说："你说哪个天生不行！照那样说……"小旦已经不耐烦了，再不往下听，把眼一翻说："不行随你便！我就只管到这里！"聚财老婆说："老天爷呀！世上哪有这么厉害的媒人？你拿把刀来把我杀了吧！"小旦说："我杀你做什么？行不行你亲自去跟刘家交涉！管不了不许我不管？不管了！"说着推开大家就往外走，急得安发跑到前边伸开两条胳膊拦住，别的男人们也都凑过来说好话，连聚财也披起衣服一摇一晃出来探问是什么事。

　　大家好歹把小旦劝住，天已经晌午了。金生他姨夫催开席，老拐就往各桌上摆碟子，不多一会，都准备妥当，客人都坐齐……吃过酒席稍停了一会，客人就要回去。临去的时候，小旦一边走一边训话："刘家的场面还有什么说的？以后再不要不知足。"安发一边送着客，一边替聚财受训，送到大门外作了揖才算完结。

　　作品中这段有关"纳采"或曰"纳聘"过程的描写，占了12页篇幅之多，可谓过于铺张了。就一篇短篇小说而言，这么铺张的描写显然多少有损于结构的紧凑和严谨。而且就小说所要表达的题旨来说，的确也看不出有什么必要将一个"纳采"的过程写得如此细致入微。出现这么一长段的描述，只能看作作者浓厚的民俗展示的兴趣在起作用。因此，可以说，这段描述虽也在人物形象（尤其是对小旦这个媒人形象）的刻画以及在聚财一家的处境的交代等方面有着不可忽略的意义，但更其重要的，当是民俗学上的价值。

　　在山西婚娶礼俗中，最讲场面、最有声色的是"娶亲"的仪式，对此，山药蛋派作品中也多有描述。如《谁害的》中，就写到了娶亲的场面：

　　一会，听见街外一阵唢呐呜响，院里的娃娃们嚷道："快去看，娶亲的来了！"踢踢通通地跑出大门外边。

　　果然是娶翠娥的来了。鼓手吹进院里来，三乘花轿也抬进院里，来看热闹的人，男的、女的，挤得满满的。只见从前两乘轿出来两个人，走到第三乘轿门上站了一会，从第三乘轿里才走出个人来：穿的露袍褂，戴的礼帽，披的红绸，插着金花，人们紧紧地围上去看，这一定是新女婿了。

通常在乡间，自然总少不了对新女婿的评头品足的议论：

有一个媳妇指着对一个老婆婆说："妈，看那眉眼，老得够四五十，当爹爹也差不多！"又一个说："全是她爹爱了人家的钱！"又一个说："害了女子一辈子，我刚才进屋里看了一眼，哭得就不像样了，到这阵头发还是一蓬着哩！"又一个说："挑来挑去挑了个老寿星！"

这是父母包办的婚姻，翠娥死不从命，不梳头、不洗脸，一直在哭闹。于是父亲骂、母亲劝，亲戚好友说这道那，议论纷纷。这种场景是很有典型性的：由于旧时婚姻多为父母之命，媒妁之言，女儿出嫁几乎少有不哭哭啼啼的。当然，结果却是不会改变的。用翠娥她父亲的话说："嫁出去的女，泼出的水，死活得把她填到花轿上，倒由她啦！"于是接下来的场景：

到太阳偏西，娶亲的人，饭也吃毕了，却等不上新媳妇上轿。新女婿连声催道："时候可不早啦，怎么还不叫起身！"

院里的婆姨女子，看见新女婿上了轿，都跑进屋里去，看翠娥怎样行动。翠娥眼成了两颗红桃，手拍着炕板，哭一声黑良心的爹，骂一声早不死的媒人。还是不穿衣裳。谁来劝就用衣裳打谁。

又闹了一阵，眼看着太阳就要落山，翠娥的姨姨又来了，才算打劝地答应穿衣裳。她姨姨、姐姐给脱身上的旧衣裳，脱不下，不想她在昨天黑夜，就用针把裤和袄缝到了一搭。

脱不下就没有脱，外面披上红袍，戴上凤冠，但仍不上轿，说要死去。这时候，刘万财引着长辈刘登荣来了。

长辈站在门口指着屋里喊骂道："哪里见过这么厉害的女子？给姓刘的丢人败兴，给我捆住，填到轿里！"

屋里谁也不哼声了。翠娥长出了一口气，看着满屋的妇女，哭着道："你们这么多人，就看着叫我死啦？好，我死——"跳下炕要往外走，长辈在门口举起拐棍，狠狠打了翠娥一棍，喊道："填到轿里！"有人过来卡上了花轿。

翠娥号，看的媳妇、女子们哭，院里吹鼓手"嘟哇嘟哇"地吹打，真把人心乱得像猫抓。

千难万难，轿子总算打发起了身。村里人好像煞了戏从庙院里出来，谈着，说着，各自回去了。

在上述这段迎亲的民俗描写中，整个调子是凄凉的。作者意在通过迎亲礼俗的过程来表现旧式婚姻中的女子的不幸命运。但这种描述的礼俗过程本身，仍具有民俗展示的意义在内。鸣响的唢呐、挂彩的轿子、披红戴花的新女婿、周围人的看热闹、新媳妇的哭嫁等构成了一幅具有乡土气息的风俗画。从这段描述中，我们可以获得从一般方志上所难以得到的对山西地区迎亲礼俗的感性认识。

在《福贵》中，我们还能看到另一种类型的娶亲仪式。银花九岁来到福贵家做童养媳，福贵长到23岁，他母亲得了病，自知将不久于人世，于是把给福贵、银花圆房的事托付给了东屋婶："给福贵童养了个媳妇在半坡上滚，不成一家人，这闺女也十五了，我想趁我还睁着眼给她上上头（指姑娘结婚前，要绞脸、盘髻，当地习惯叫'上头'——原注），不论好坏也就算把我这点心尽到了。只是咱这小家人，少人没手的，麻烦你到那时候给我招呼招呼！"东屋婶问了日期，答应给她尽量帮办：

七月二十六是福贵与银花结婚的日子，银花娘家哥哥也来送女。银花借东屋婶家里梳妆上轿，抬在村里转了一圈，又抬回本院，下了轿往西屋去，客堂里坐着送女客，请老家长王老万来陪。福贵娘嫌豆腐粉条不好，特别杀了一只鸡，做了个火锅四碗。

童养媳原是养在家中的，出嫁这一天所采用的礼仪自然不同于一般的迎亲仪式。因此，才要"借东屋婶家里梳妆上轿"，为了合"嫁女"的规矩，银花娘家哥哥要来"送女"，轿子还必须在村里转一圈。像福贵这样的贫穷人家，结亲时已是简单从事的了，但也还是得雇个花轿抬着童养媳，还要宴请族长和乡亲，做个火锅四碗。由此可见其民俗氛围的浓厚。

涉及娶亲礼俗的描写，在山药蛋派作品中比较多，除上述所举之外，还有赵树理的《登记》《李家庄的变迁》，马烽的《光棍汉》《金宝娘》，胡正的《几度元宵》，西戎的《喜事》《终身大事》，孙谦的《大门开了》等。例如，在《登记》这篇作品中，除写到了娶亲时的热闹之外，还写到了新媳妇拜年的礼俗："第二天是大年初一，按这地方的习惯，用两个妇女搀着新媳妇，一个小孩在头里背条红毯儿，到邻近各家去拜个年——早饭后，背红毯的孩子刚一出门，有个青年就远远地喊——不过只是走到就算，并不真正磕叫：'都快看！小飞蛾出来了！'他这么一喊，马上聚了一堆人，好像正月十五看龙灯那么热闹，新媳妇的一举一动大家都很关心。""看看！进了她隔壁五婶院子里了！""又出来了，又出来了！到老秋孩院子里去了……"再如，在《李家庄的变迁》这篇作品中，写到了娶亲时亲朋好友的送礼和主家酬客的礼俗：修福老汉的儿子白狗娶亲，"大家也知道他破费不起，自己也都是些对付能过的小户人家，就凑成份子买了些现成的龙凤喜联给他送一送礼；这地方风俗，凡是送这种对联的，酬客时候都是有酒无饭，一酒待百客。事过之后，修福老汉备了些酒，在刚过了阴历年的正月初三日酬客"。如此等等的描述，不一一论列。总而言之，在山药蛋派作品中，有关婚娶礼俗的展示是相当具体、生动的，这些描写为地域民俗的研究提供了丰富的材料，在很大程度上可以补史志、方志中有关记载失之简陋、笼统的缺陷。

当然，山药蛋派作品并未停留于对一般婚丧礼俗的展示上，透过这些礼俗，我们还能看到更多的东西。

山西民风尚俭，喜聚藏，可在婚丧嫁娶方面所显示出的特点却是"奢靡"，这看来是一种非常矛盾的现象，其实不然。正因为俭啬、聚藏习性的普遍存在，使山西乡村的一般人家，平时少有进取或付出钱财的机会，婚丧嫁娶往往就作为索取或付出钱财的一种机遇，而受到特别的重视。尤其是婚姻，对于生活贫困的人们，也往往被视为一次改变自己生活命运的机会，因此"婚娶重财，又有甚焉"。"女家勒索聘礼，男家苛责妆奁""行礼每较厚薄"的结果，自然是财物、场面、礼仪上的"奢靡"。在"奢靡"的婚俗中所反映出的，其实是山西人独特的实利性的考虑。实利性在传统的山西乡村生活的一切方面都起着重要的支配作用，即使爱情、婚姻、家庭也不例外。有人认为山药蛋派作品中缺少真正的爱情描写，涉及男女之间关系的只有婚姻，没有"爱情"，这种看法虽不能说是非常准确，但多少还是有一点道理的。传统的山西乡村生活，受制于地域条件，土地贫瘠、人民贫困，使之不能不在一切问题上都首先屈从于吃饭、存活的需要。谈情说爱的雅致，必须是在物质生活有余裕的情况下才会有的。况且，长期以来形成的婚俗中，本来就没有给男女自主的情爱设置任何机遇，传统的婚姻中"情"的成分被"利"挤压得几乎没有任何位置。从前述所引山药蛋派有关婚娶礼俗的描写中，我们可以看出，实利性的婚姻观占据着主导地位。《谁害的》中，翠娥的父母处理翠娥的婚事，就是"要给翠娥寻个大户人家，结一门'高贵'亲戚，高攀高攀"，同时，"还想在这婚事上多捞几个钱"。西戎的《终身大事》中，秀女的爹不顾亲戚们的劝阻，把秀女许给了"母老虎"12岁的孩子天成，他的依据是，"你们光说人家这也不好，那也不好，就不看看家里过的啥日子，有田有地，有吃有穿"，并劝秀女说："女子，过了门，怕你享福还享不尽咧！你还不情愿！"这种重实利的婚姻观即使是在新政权建立之后，仍未完全得到改变。马烽《伤疤的故事》中那对兄嫂的结合，完全就是实利性的，尽管女方丑得像个肥猪，男方长得蛮漂亮，但由于女方带来了一份家财，于是男方便不仅视若美妇，且娶回后奉为上宾。赵树理的《三里湾》中，保守落后的马多寿在为马有翼物色对象时，曾动过王玉梅的念头，而按照他那落后的思想是无论如何也不会喜欢玉梅这样的进步青年做儿媳的。马多寿的互助组里几个强劳力都入了社，他要坚持单干，迫切需要劳力，而玉梅在村上算得上是一个能干的强劳力，因此，他才一度相中了玉梅——排斥她的思想，却接纳她的劳力。这也是典型的实利性的婚姻观。山西婚娶礼俗中所反映的婚姻的性质，说到底是一种建立在实利观上的买卖婚姻。山药蛋派作品在二十世纪四五十年代主要是通过展示婚俗，有力地揭示买卖婚姻的弊端，从而达到宣传新的婚姻法的目的。直到20世纪70年代末，他们仍还在继续着这样的工作，如马烽的《结婚现场会》所涉及的仍然是买卖婚姻的主题。在《结婚现场会》中，作者已经不是止于简单地批判买卖婚姻。作者从生活中发现，20世纪50年代便大反特反的买卖婚姻到了20世纪70年代却依然盛行，这迫使他们去思考买卖婚姻的深刻根源。作者意识到："诚然买卖婚姻是可恶，但主要责任在农民身上吗？不从根本上解决农村问题，不想方设法使广大农民富裕起来，光凭宣传婚姻法，能解决多少问题呢？"作者借人物的口说出了买卖婚姻的病根："卖闺女，没什么稀奇。在旧社会，不要说卖闺女，卖儿子、卖老婆也是常有的事，为啥？一个字：穷！""家家瓮里有存粮，信用社里有存款，谁家愿意败兴要那几个卖闺女的钱呢？"由此反观山西"婚娶重财"的习俗，我们似乎也可以说，这种习俗的形成正是与山西地区"土瘠民贫"的长期历史相关联的。

　　婚娶礼仪的奢靡，婚娶重财的习俗，还引发了乡村婚姻关系中的其他一系列问题。例如，对于一般中小农户来说，婚姻常常带来难以承受的经济压力。曾有县志对婚娶喜事做过这样的评述："亲友庆贺，举家欢喜，诚乐事也。惟沾沾于昏时成礼，匪朝伊夕所能完事。请客、款客、酬客，动辄三日，所费不赀，以致中人之家不敢轻言婚事。""不敢轻言婚事"，就是因为难以承受经济压力。山西婚娶礼俗中，从"问名"到"纳采"或"纳聘"再到请期、迎亲，所围绕的都是花费钱财，娶亲对贫苦农民来说绝非一件容易的事。由此，也造成了山西乡村中的"光棍阶层"。特别是在贫困的山区更是如此，如马烽的《杨家女将》就这样写道："蛤蟆滩过去是个有名的穷村子，村东是干山坡，村西是盐碱滩，全村没一亩好地，村里有五多：吹鼓手，抬轿的，做饭的，叫花子。还有一多是光棍汉。""吹鼓手""抬轿的""做饭的"等，都是乡村奢靡的婚丧礼俗的"副产品"：由于对婚丧礼仪的特别讲究，相应产生了这些围绕婚丧喜事的半专业人员。而光棍多，则也是"婚娶重财"的必然结果之一。筹不来钱财便娶不来媳妇，在贫困的山区，光棍汉就特别多。《小二黑结婚》中写道：三仙姑初嫁到刘家蛟时，"村里的年轻人们觉着新媳妇太孤单，就慢慢自动地来跟新媳妇做伴"，吃饭的时候，"端上碗爱到三仙姑那里坐一会，前庄上的人来回一里路，也不觉得远。这已经是三十年来的老规矩"。此中便有一批成了三仙姑的"老相好们"。这里所揭示的,正是贫困山区特有的生活氛围:那些讨不着媳妇的光棍们,变着法子拉拉边套,即使拉不上边套也能以"说句笑话""俏皮"一下等方式排解排解性的苦闷。马烽的《光棍汉》则更专门地写了山区的光棍汉现象。贫穷人家,出不起聘金,娶不起媳妇,于是便有了专门贩卖女人给人当媳妇的人贩子,买这样的女人当媳妇,显然要比明媒正娶地聘媳妇便宜些。但此中便因此出现了坑人与被坑的事情。其中所谓"放鹰"就是中华人民共和国成立前流行在山西等地的人贩子坑人的勾当。所谓"放鹰",就是人贩子将女子卖给人家,等拿到钱后,又让女子悄悄逃回,然后再卖、再逃,反复坑人。作品中的刘官老婆就讲过她女儿的遭遇:"牛兆泰看上了她闺女,就硬娶去顶了租子,过了一年多就卖给了人贩子,人贩子就带到绥远放了'鹰',一次'放鹰'放给一家庄户人,人家待她很好,她不忍心坑人家,就没有逃跑。可是过了没两个月,就被人贩子暗里拉出去填到井里了。"作品主人公任命根在13岁那年与母亲一道被人贩子卖给任长有老汉。任命根长大后,长有老汉为了让这个继子讨上老婆,父子俩省吃俭用,下死力干活总算积下一点钱,再借上债,结果却上了人贩子的当,买了个"放鹰"的。买来的这个女人在三四天之后,趁劳累了一天的任命根父子晚上熟睡之机,席卷任家财产逃了。任命根于是直到四十五六岁仍是一个光棍。

我们在山药蛋派作品中不难发现这样一个有趣的现象:与其他地区相比,在山西乡村的家庭中,一般妻子的地位似乎并不是很低,甚至妻子还常常会压过丈夫一头,处于家庭的支配地位。如《小二黑结婚》中的三仙姑与于福:"于福是个老实后生,不多说一句话,只会在地里死受。仙姑却不用下地劳动,置于福的脸面于不顾,整天纠合一群年轻人在家嘻嘻哈哈。家中事全由三仙姑做主。于福一切都得听命于三仙姑,即使是区上传她去责问给女儿包办婚姻的事,她也不忘记使唤于福,她吃完了饭,换上新衣服、新手帕、绣花鞋、镶边裤,又擦了一次粉,加上几件首饰,然后叫于福给她备上驴,她骑上,于福给他赶上,往区上去。"再如《三里湾》中的"能不够"与袁天成,"能不够"一开始就给袁天成立下规矩,她不给他场里、地里帮忙,而且还整治得袁天成服服帖帖,非常"听她的话"。用作者的话来说:"袁天成,在参加党支部会议时候接受党的领导,可是一回到家便要接受他那个'能不够'老婆的领导。"《"锻炼锻炼"》中的李宝珠与张信,其关系更是异常。

张信这个人,生得也聪明伶俐,只是没有志气,在恋爱期间李宝珠跟他提出的条件,明明白白就是说结婚以后不上地劳动……她安排了一套对待张信的"政策"。她这套政策:第一是要掌握经济全权,在社里张信名下的账要朝她算,家里一切开支要由她安排，张信有什么额外收入全部缴她，到花钱的时候再由她批准、支付。第二是除做饭和针线活以外的一切劳动——包括担水、和煤、上碾、上磨、扫地、送灰渣一切杂事在内——都要由张信负担。第三是吃饭穿衣的标准要由她规定——在吃饭方面她自己是想吃什么就做什么，对张信是她做什么张信吃什么；同样，在穿衣方面，她自己想穿什么买什么，对张信自然又是她买什么张信穿什么。……

同样，西戎的《赖大嫂》中也是这种情况：

赖永福平素是很怕赖大嫂的。两个人的性情完全相反，赖大嫂一天说的话，赖永福说十天也用不完。他不爱多说话，并不是遇事没有主见。赖大嫂平日的一些作为，村里人有意见，他自己也看不惯。看不惯有什么办法？打架，赖永福不动火，打不起来；吵嘴，不管有理没理，赖大嫂张口就骂，没有他回嘴辩解的余地。因为处理家庭事务，只有赖大嫂说了算数；就连村里有关会议，光叫赖永福点头不算，还得赖大嫂说了话，这才真正合法了。

这种女贵男贱、妻子在家庭中占支配地位的情况，山药蛋派作品中有较普遍的反映。而且不仅在解放前存在，在解放后依然存在。这说明，这种现象在山西绝非个别也绝非偶然。这在以男尊女卑为特点的中国传统的伦理文化氛围中是很反常的。但如果细做分析，便能发现，这种妻子地位的高，其实带有很大的虚假性，因为这并不意味着人们对妇女人格的尊重，真实的情况是恰恰相反的。造成妻子地位高于丈夫这一虚假现象的原因有很多，但"婚娶重财"所导致的娶妻难，肯定是最重要的原因之一。在山西地区，本来就存在着一个不同于其他地区的最特殊的情况，即长期以来男女性别比例的失调，男性所占比重远远高于女性。据有关人口统计，1949年山西省人口的男女性别比率虽有趋于平衡的迹象，但男性仍高于女性。1949年的统计是在经过了十四年抗战，男性大量死亡和离家工作的基础上进行的，由此可见，男女实际比率之差，在1949年之前还要大得多。而具体到山西适婚年龄的青年，还应考虑到这样一些因素：女性寿命平均高于男性，因而老龄女性占女性人数的比例较大；山西向来有"小女婿""童养媳"的习俗，使适婚年龄的女性分流。这样，山西适婚年龄的青年中，其男女性别比率上的差距要远远高于全省总人口性别比率的统计数字。这种特殊的情况加剧了适婚女子的"奇货可居"，加重了"婚娶重财"的砝码。这既是造成山西乡村光棍阶层的重要根源，也是造成已婚家庭中妻子地位高于丈夫这一虚假现象的主要原因。孙谦《大门开了》写到主人公王石圪旦爱上一个叫田秀英的，但家中管制很严，没有与田接触的机会。后来家中为其另娶新娘，王石圪旦也心安理得地接受了，他的逻辑是"新娘虽不如田秀英好看，可是总是花了钱的"。"花了钱"，说到了问题的要害。一般小户人家，省吃俭用，好不容易积攒起一笔血汗钱，甚至不惜借贷，充作彩礼，聘来媳妇，真可谓历尽千辛万苦，岂有挑剔之理？得来不易，自然更害怕失去。20世纪40年代在解放区推行新婚姻制度时，最有危机感的是那些已婚男子，他们最怕女方提出离婚，其原因也正在此。对妻子迁就、忍让乃至"供奉"起来，在山西有些地区几乎相习成风。所谓迁就，就是前面所列举的，将家政大权全盘移交，甘受妻子一切方面的支配。所谓"供奉"，表现在女子未出嫁时尽可以下地劳动，但一旦出嫁做媳妇后反而常常不下地劳动。妻子不下地劳动，在山西有些地区似乎成为一种风气，这在解放前是如此，解放后这种情况仍然存在。前面所举到的三仙姑、"能不够"、李宝珠等都是如此。《传家宝》中，儿媳妇金桂"喜欢到地里做活"，这本是帮家中分担劳务的好事，可做婆婆的李成娘反倒觉得不习惯，并因此而产生了对儿媳的意见。孙谦《拾谷穗的女人》中王三女嫁给马二娃后，想下地劳动，马二娃却说："我们这里不时兴女人种地。"马二娃因"怕村里人笑话"，坚持不让媳妇下地。在孙谦的《队长的家事》中也写到，队长的妻子不想下地，并因有人叫她下地劳动而引发了一场争吵。胡正《汾水长流》中副社长刘元禄的老婆杨二香不肯下地劳动，而刘元禄也只好依着她。此外，好吃好喝好穿好花地供养着老婆，男人自己却只会在地里"死受"等情况，在山药蛋派作品中也并不少见。如胡正《几度元宵》中写到的孟谷维与梁玉仙夫妇。媒人向梁家瞒过了孟谷维的年龄和经济条件，即至梁玉仙嫁过去时，生米做成了熟饭，她"憋闷、气恼、后悔"，但却毫无办法。"于是便整天游门串户混日子，今日住娘家，明日走亲戚；哪里赶集她到哪里，哪里唱戏她都去。孟谷维憨厚老实，听她说媒人给他瞒了岁数，心里觉得过意不去，所以也不管她，把赚下的工钱全给了她，家里的事一概全由她"。可见，这种迁就、供奉等背后，其实带有女子的酸辛，多数是女方条件较好，或是上了媒人的当，或是被男方用金钱买卖成婚，或是受天时地利条件限制，女性未能嫁到如意郎君等，因而女子多是瞧不起男方，因而就不会实心实意地守着男人过日子。而在这种情况下，男人先自有了某种自卑，又出于害怕离婚的心理，于是对女人一般都很放任，甚至对其过分行为也能容忍。《三里湾》中的"能不够""初嫁到袁天成家的时候，因为袁天成家是个下降的中农户，她便对袁家全家的人都看不起，成天闹气"，对这一切，袁天成完完全全地忍让了，对她是百依百顺。袁天成这个"在党的"人，他所以"在参加党支部会议时候接受党的领导，可是一回到家便要接受他那个'能不够'老婆的领导"，正是这种"忍让"的必然结果。《"锻炼锻炼"》中的李宝珠"论人才在'争先社'是数一数二的"，她与张信虽算是自由结婚，但终觉张信"不能算最满意的人"，因而"只把他作为个'过渡时期'的丈夫，等什么时候找下了最理想的人再和他离婚"。李宝珠在吃饭方面克扣丈夫，"张信上了地，她先把面条煮得吃了，再把汤里下几颗米熬两碗糊糊粥让张信回来吃，另外还做些火烧干饼锁在箱里，张信不在的时候几时想吃几时吃。张信常发现床铺上有干饼星星（碎屑），也不断见着糊糊粥里有一两根没有捞尽的面条，只是因为一提就得生气，一生气她就先提'离婚'，所以不敢提，就那样睁只眼合只眼吃点亏忍忍饥算了"。这种"忍让"已属过分，更有甚者，是《小二黑结婚》中于福对三仙姑的"忍让"。李宝珠虽在观念上是将张信当作"过渡时期的丈夫"，打算"等什么时候找下了最理想的人再和他离婚"。但在行动上尚未见越轨的行为。三仙姑却不同，她嫁给于福后，"不几天就集合了一大群年轻人，每天嘻嘻哈哈，十分哄伙"。"直到年纪大了老相好都不来了，几个老光棍不能叫三仙姑满意"，于是"三仙姑又团结了一伙孩子们，比当年的老相好更多，更俏皮"。三仙姑甚至与女儿小芹吃起醋来："小二黑这个孩子，在三仙姑看来好像鲜果，可惜多了一个小芹，就没了自己的份儿"，所以三仙姑便"想早给小芹找个婆家推出门去"。"于福是个老实后生，不多说一句话，只会在地里死受"，对于三仙姑的所作所为，于福也居然"忍让了"。从上述丈夫对妻子的迁就、供奉、忍让等情况来看，原因都只有一个，男子怕女方提出离婚，而怕离婚的根子源于钱财等实利考虑的患失心理。

女性对于男性的这种"不平等"，不仅体现在结婚后，而且在结婚前似乎就已经存在了。娶妻既属不易，男性一般也不敢挑剔，因而在婚娶方面，山西许多地方的风俗是，只要女方同意，男方没有拒绝的。赵树理在《三里湾》《登记》等作品中反复向我们提醒了这一点："乡村里的风俗是只要女方愿意，男方的话比较好说""这地方的普通习惯，只要女方吐了口，男家的话好说"。如此这般，女子的"地位"显然高于男性。这种山西乡村男方的"不挑剔"，还表现在对女子的贞操要求不像其他地方那样苛刻。如在乡间对"二婚"一般并无什么忌讳。《三里湾》中的小俊与王玉生离婚后，"能不够"想把小俊再嫁给有翼，有翼的父母居然也未因为小俊是二婚而拒绝。后来小俊虽被有翼本人拒绝了，但在满喜那儿却开了绿灯。同样，对女子婚前的"名声"问题似乎也并无过分的苛求。我们在《登记》中可以看到，张木匠娶了小飞蛾这个漂亮媳妇，"觉得是得了个宝贝"，虽然后来听说小飞蛾在娘家有个相好的叫保安，张木匠还因此受到了庄上小伙子的奚落，但张木匠却能忍住气做"退一步想"："过去的事不提它吧，只要以后不胡来就算了！"只是后来因发现小飞蛾偷着将一只戒指送给了保安，才在母亲的逼迫下，找岔子打了小飞蛾一顿，但却也并没有因此而离婚。更值得注意的是,作品中写到民事主任对待小飞蛾的女儿艾艾的两种相反的评价:他一方面觉得艾艾自由恋爱上小晚,名声不好,还"自言自语说:'坏透了!跟年轻时候小飞蛾一个样!'";可另一方面,他又想方设法让艾艾成为自己的外甥媳妇,并对他姐姐称艾艾是"好闺女"。民事主任所谓的坏"是指她的行为坏",所谓的好"是指她长得好",而且在他看来,"身材是天生的,比较难得,行为是可以随着丈夫的意思改变的,只要痛痛打一顿,说叫她变个什么样就能变个什么样"。这里我们且不去评判民事主任对艾艾的评价是否公正,值得注意的是,他这种对女人的评价尺度在张家庄却带有某种普遍性。重视身材、长相,而轻名声、行为,这与娶妻不易,娶外貌标致的女子尤其不易的现实条件是有关的。"仓廪实而知礼节",连老婆都讨不上,还谈得上什么其他方面的挑剔?于是,从各个方面来看,在婚姻问题上,女子的地位似乎是高于男子的。

我们之所以说山西农村婚姻中女子地位高于男子带有某种虚假性,是因为这种女子的地位并非建立在人格被尊重、女子能够掌握自己命运、妇女真正解放的基础上的。相反,这是因为"婚娶重财"的习俗导致了一般人家"不敢轻言婚事",女子于是作为"奇货可居"性质的买卖对象而被看重。在这里,女子实际上是在经过了买卖婚姻的途径之后被相当程度地"物"化了。在山西乡村,妇女的实际社会地位其实并不高,赵树理常说旧社会妇女没地位,如"山西他们老家那儿,别人来访,问:'家里有人吗?'女人在屋里,若无男人,便答'没有'。只有她们在茅房(厕所)里,男人要进去,她们才说:'有人。'"而且,与我们上述所论列的妻子支配丈夫的情况同时并存的,是山西乡村中"打老婆"的现象,这也很普遍,即如赵树理所写的,"男人对付女人的老规矩是'娶到的媳妇买到的马,由人骑来由人打',谁没有打过老婆就证明谁怕老婆"。将媳妇视为买来的牛马,任打任骑,这自然是女子的不幸,而被作为"物""奇货"来看重,同样是女子的不幸。山药蛋派作品在向人们展示特定婚俗的同时,也从一个特定的角度揭示出了妇女的不幸命运。

在山药蛋派作品所展示的婚娶礼俗中,还有一个特别引人注意的方面,这就是媒人在婚俗中的特殊作用。既然整个婚娶礼俗都灌注着一种实利性的考虑,"女家勒索聘礼,男方苛责妆奁",这样原本应是为有情人牵线搭桥的媒人,在事实上所承担的却是调和男女双方物质利益较量的责任。既然婚姻是买卖性质的,媒人便成了这种买卖中的掮客。特殊的婚俗,几乎在乡间的每一个地方都造就了这样一批能言巧舌、欺骗敲诈、专吃"说合饭"的媒人。对此,山药蛋派作品中有大量的展示。我们前面所列举的《谁害的》中的"风箱嘴"马贵子就是最典型的。用作品中的话说，"谁人不晓，马贵子这是一道川有名的吃天鬼。一年四季，指头不抹地皮，了事、说媒、当牙子，凭吃'昧良心'钱过日子"。从前面所引述到的那段"问名"过程中，我们已经看到，马贵子为说合翠娥与刘生源的婚姻，以便从中搭油水，如何不惜用谎言来蒙骗：尽管他还未见过翠娥一面，便向刘生源大谈起翠娥如何长、如何短，连带相貌、身材、性情等说了一大堆；他明知刘生源人品不好，但在翠娥家却对刘生源百般吹捧，欺骗翠娥的父母。在山药蛋派作品中，凡写到的媒人，几乎都是在作品中扮演不光彩的角色的。如《邪不压正》中的小旦，"狗仗人势"，伴随着他有一系列"讹人骗人的奇怪故事"。在为大财主刘锡元家保媒时，为让聚财将女儿嫁给刘家，所采用的几乎是威逼的手段：他"把脸一挂"，对聚财说："怎么？你还要跟家里商量，不要三心二意了吧！东西可以多要一点，别的没有商量头！老实跟你说：人家愿意跟你这种人家结婚，总算看得起你来了！为人要不识抬举，以后出了什么事，你可不要后悔！"其态度极其蛮横。再如马烽《光棍汉》中的王楞中、西戎《终身大事》中的刁大婶，也都是以坑蒙拐骗为其主要特点的媒人形象。虽然也有个人品性稍稍温和些的媒人，如马烽《金宝娘》中的顺义婶、赵树理《登记》中的东院五婶，但其保媒手段仍不出软骗与硬"劝"等。媒人现象，可以说是伴随着特定婚俗而出现的一种重要的民俗文化景观。这种情况直到解放以后仍然存在，胡正《几度元宵》中就曾写到几代人受媒人骗的事实：

孟雅琴的妈妈梁玉仙，原是小山庄里一户贫苦人家的女儿。她长到十六岁时，家里因为哥哥娶媳妇欠了一笔债，第二年，父母又熬累病了，没有办法，母亲才托人给她寻婆家。有一个媒婆听到这消息，便来给她说媒。说的是河口镇面铺里的一个买卖人，家在杏湾村。那时候，是父母之命，媒妁之言，用不到征求女儿的同意。女孩子家也羞于相看男人，不敢问讯这事。于是提亲、换帖、送来彩礼，然后就嫁了过去。过门后，梁玉仙才知道媒人骗了她。她男人孟谷维并不是面铺的买卖人，而是给人家足踏面箩的受苦人。媒人说他属牛，比她大三岁，实则整整瞒了一轮，比她大了十五岁。……梁玉仙真觉得憋闷、气恼、后悔，她真恨那骗人、害人的媒人。但生米已成熟饭，一个小女子家，又有什么办法！……后来，她看到山村里小伙子娶媳妇困难，她又常到外村游门串户，便给人家说起媒来。她不但能去男婚女嫁的喜宴上饱吃一顿，还能得到一份谢媒的礼物。遇到男方或女家不愿意时，她就编造一套好听话。她想："媒人骗了我，我为什么不能骗人！"于是，她受过骗，又去骗人；受了害，又去害人。

而且这种循环并没有到此为止，梁玉仙的女儿雅琴也受了媒人的骗，媒人说的城里的正式工人，而其实根本不是，只做过几个月临时工，媒人给看的那封信是走后门开的假证明。结婚前所送的一只手表也是借来的，结婚后不几天就被别人要走了。梁玉仙怎么也没想到，"她自己年轻时被媒人骗过，她当过半辈子媒人，也骗过别人，想不到自己的亲生女儿也被媒人骗了"。而媒人现象的生生不息的延续性，正是特定婚俗的必然结果。而媒人总是"骗人"，这与媒人在买卖性质的婚姻习俗中所承担的职能又是紧密联系在一起的。这便是山药蛋派作品的婚俗展示中所告诉我们的。当然，就媒人现象而言，并不独独山西地区存在，这在旧中国是普遍存在的现象。但就现代文学作品而言，山药蛋派作家之所以能最自觉地对此加以表现，这多少能说明，山西地区与婚俗相伴而生的"媒人现象"是特别突出的。女作家刘真曾这样谈到过她的第一个名篇《春大姐》的写作过程中所得到的赵树理的帮助。

在《春大姐》的创作过程中，我无论如何努力，也写不好那位古老的媒婆。他（赵树理）向我介绍他所知道的那些媒婆们，如何耍花招，骗人。还十分耐心地替我出主意，想办法，设计情节。……写媒婆那一节是从赵树理老师的手中完成的，只有在他的笔下才能把媒婆写得这样好……

刘真《春大姐》中的东院王大娘的形象，其实是赵树理运用自己的生活经验帮助塑造出来的。山药蛋派作家对"媒人"的熟悉，正是与他们在实际生活中的习见程度相关的。唯其"媒人现象"在山西乡村婚姻生活中较为突出，才特别地引起了以表现山西乡村生活为指归的作家们的特别关注，因而，在山药蛋派作品中也才会出现如此多的有关"媒人"的描写。

总而言之，山药蛋派作品通过有关婚丧礼俗的展示，不仅能使人们对山西民俗文化氛围有一个较为丰富、生动、具体的感性认识，而且还为人们进而分析山西乡村社会的诸如婚姻、家庭等许多社会问题提供了一种民俗学的依据。正是在这个意义上，我们认为，山药蛋派作品的独立的民俗学的意义和价值理应得到更多的挖掘、受到更多的重视。

第二节 敬神信巫

山药蛋派作家对于民俗展示的兴趣还突出表现在他们对山西地区的各种信仰民俗和岁时民俗的描写方面。

有关信仰民俗，我们在前面谈到"求雨"习俗时已有涉及。山西乡村，庙宇遍布，庙宇多为巫神性质，如后土庙、关圣庙、观音庙、东岳庙、中岳庙、天齐庙、稷王庙、城隍庙、玉皇庙、牛王庙、三郎庙、龙王庙、风伯雨师庙、社稷庙等。从这些庙中所供奉的神灵来看，多是些与人民生活关系特别密切的。其中管雨水的神灵最多，这与山西人求雨的需要有关。此外像管土地的，管灾病的，管丰收的，管生育的，可谓应有尽有。广大乡民们的敬神，并不是出于一种严格意义上的宗教信仰，而是带有一定的实利性，凡与自己的生存和日常生活各方面关系密切的，人们往往是有神必拜，以广获庇佑，最起码，也可以避祸。赵树理认为，乡民们"敬神的原因大概不外三种：一是本村掌殿之神的出生、逝世等纪念日，一是遇上了水、旱、瘟疫等灾情求神保佑许下的愿，而最普遍的一种则是常年和丰年秋收之后的酬神"。他曾举过自己故乡一个村子的例子："这里祀的神是五瘟神，神台上并排塑着五尊男像；两旁还塑着两个站像，一个拿着一本账簿，据说是应得瘟病各户的花名册；另个一手提了个桶子，一手拿着一把勺子，据说是准备向应得瘟疫各户散布疫苗的。这一帮子混人儿，人们在过去都觉着惹不起，所以要给他们维持香火"。正是出于寻求庇佑或避免灾祸的实利性考虑，所以在山西广大乡间里社，对祀神活动，一般人都不敢轻视。赵树理还曾在《盘龙峪》这篇作品中写到过这样的风俗：凡遇到谁家敬神的事，"邻里们常有点交情的，往往搭伙攒凑一份香火来陪祭，名曰'邀神'。主人也备些酒菜来酬谢"。由此可以看出山西乡间对祀神的重视。

有关山西的这种敬神信巫的信仰民俗，山西方志中有不少记载。如《沁水县志》云"敬神信巫，少有不平，必质之神，故乡多庙祀，赛醮纷举"；《长治旧志》云"俗尚巫觋"；《沃史》云"民间事少不平，辄书誓文，质诸神明。疾病，则豚蹄盂醴，办香燃纸，膜拜露祷，岌岌若狂。女妇更尚巫觋，名为'问神'"。赵树理就曾谈起过，他从小生活在其中的民间迷信的氛围，他因这种氛围，而很小就随祖父念三圣教道会经，每天吃斋，饭前打供，一日烧香四次，17岁又与前妻一起加入太阳教。到他上长治读书时仍还比较"迷信"，如"不吃肉，敬惜字纸，把写字的纸收起，烧成灰，撒到河中"。直到"二十一岁开斋吃肉，当时还怕犯咒语"。有关"尚巫觋""问神"等迷信习俗的描写，在山药蛋派作品中也并不少见。如《小二黑结婚》中对二诸葛和三仙姑的描写，就都涉及了民间迷信在他们身上的体现。二诸葛"抬脚动手都要论一论阴阳八卦，看一看黄道黑道"，以至于闹出"不宜栽种"的笑话。三仙姑因"邻家有个老婆替她请了一个神婆子，在她家下了一回神，说是三仙姑跟上她了，她也哼哼唧唧自称吾神长吾神短，从此以后每月初一十五就下起神来，别人也给她烧起香来求财问病，三仙姑的香案便从此设起来了"。对照地方志中有关

"俗尚巫觋""女妇更尚巫觋,名为'问神'"等记载,能让我们加深对二诸葛、三仙姑行为的理解;透过人物举动,我们也分明可以看到特定的民间迷信的俗尚氛围。涉及这方面描写的,还有赵树理的《开渠》《三里湾》等作品。《开渠》中写到许多乡民对阴阳八卦的迷信。《三里湾》中写到了迷信禁忌:"马家的人,不论谁有点头疼耳热,都以为是中了邪""马家的规矩,凡是以为有人中了邪,先要给灶王爷和祖宗牌位烧个香,然后用三张黄表纸在病人身上晃三晃,送到大门外烧了,再把大门头上吊一块红布条子,不等病人好了,不让生人到院里来"。《开渠》和《三里湾》所写内容均是中华人民共和国成立后的事,这说明了"少有不平,必质之神""疾病……办香烧纸"等民间迷信作为民俗所具有的沿袭性。

与民间信仰联系在一起的是岁时行事。从山西各地方志的记载来看,几乎每月都有各种祀神、祭祖等的民间节庆,真所谓"赛醮纷举"。在所有的民间节庆中,最受重视的大概要算是一年两次较大的"报赛"或曰"社祭"。

《襄陵县志》(二十四卷"民国"十二年刻本):"岁时社祭,夏冬两举,演剧献牲,随其村聚大小,隆杀有差。盖犹报赛之遗云。"

将上述记载与山西其他各地方志中的记载结合起来看,这两次大的"报赛"或曰"社祭"活动,在山西多数地区是指农历正月里的"元宵节"和农历七月的"中元节"。上述记载中或言"春秋",或言"夏冬",可能是因记载者对时间的粗指所造成的,正月为冬春之交,故而有言冬言春之分,七月为夏秋之交,故而有言夏言秋之分。在山药蛋派作品中,对岁时民俗的描绘较上述记载更加丰富、具体,更加有声有色;而且,对岁时民俗的描写也主要集中在这两次大的民间节庆上。

农历七月十五,在山西地区既是道教节日,又是佛教节日,而山西民间可以此日为"祭祖"日和"祈秋"日,山西各地方志记载如下:

"中元节",祭先在黄昏,仪如正旦,必折麻谷以献,盖告稼事成也(按,七月十五,道家谓之中元节,名盆斋。而人家亦以此日祀先)。

十五日,"中元节",佛家作"盂兰大会"。……汾俗,以是日祀祖,荐麻谷,亦有备香楮赴坟祭奠者。先一日,挂纸马于田间,以祈秋收。

"中元",道家为解厄之辰,设醮禳灾。僧尼奉释民"盂兰会",燃河灯,被除厉疫。农夫以麦屑为猫、虎及诸五谷之形,祭于陇亩,名"行田"。

十五日,祀先,荐麻谷。先一日,挂纸马于田间,以迎秋收。

十五,祀神田间,以祈秋实。

农历七月十五作为祭祖的节日以及传统的报稼祈收的节日,在山西乡村中受到了特别的重视。胡正在《七月古庙会》这篇小说中对此有专门的描写：

农历的七月，在农村里是多么美好的季节！炎热的夏天刚刚过去，秋天的凉风就要吹来；农民们经过了紧张的夏锄、夏收，丰盛的麦子已经收在家里，那绿油油的秋庄稼也有了指望。这时候，当人们从地里回来，吃过晚饭以后，就三个一堆，五个一伙的，在村当中，在打麦场边的树荫底下，快活地闲谈起来。谈起今年的庄稼，谈到快要到来的七月十五日，七月十五日是大峪口村一年一度的欢乐的节日——古庙会。赶会时，家家都要添置些收秋的家具，再买点家里常用的东西。有的就想买头牲口，或者用自己的瘦驴换个骡驹。秋天忙，冬天冷，老人们留下的这个七月古庙会是多么应时呀。赶会时，每年还要唱一台好戏。

我们虽然不知道胡正所写的大峪口村是在山西何地，但从所写内容看，肯定带有作者故乡民俗的影子。胡正是灵石人，据《灵石县志》记载："七月十五日，祭祖考，亦有拜墓者，名曰'秋祭'。又，是日东乡介庙香火会，演剧酬神，邻近各邑居民前往会者，络绎不绝。"相比之下，胡正在作品中对民俗的展示要比县志记载生动得多。不止是在灵石，在山西各地乡村都普遍重视七月十五的节庆，西戎在《姑娘的秘密》这篇作品中对此也有描述：

七月十五，是红桥镇一年一度的大庙会的日子。

红桥镇的街上，十分热闹，两边卖货的小布棚，一个挨着一个，从四乡来赶会的人，有买东西的，有卖东西的，吵嚷着，拥挤着。特别是打扮得花枝一样的青年妇女。手牵着手，一面挤，一面还要"咯咯咯"地大声笑着。年轻小伙子们，也是成群地在街道上挤，在戏场里挤，挤得非常高兴。

从上述两篇作品中的描写来看，农历七月十五的节庆活动，主要表现为赶庙会和演戏。赶庙会和演戏，是民间"赛醮"的主要形式，不仅七月十五的中元节如此，其他大大小小的节庆也是如此，胡正在《汾水长流》中就写道："杏园堡每年五月端午要赶庙会，每年庙会上总要唱一台戏。"

"报赛"源于祀神、祭祖、祈收，但它同时也逐渐变成了山西广大乡村中的一种不可缺少的民间娱乐形式。我们从山药蛋派作品对此的描述中，确实感到了一种乡间的欢乐气氛。对乡民们来说，"赶会、看戏，就是喜庆大事，所以人们都穿戴得齐齐楚楚，打扮得漂漂亮亮"。可以说，"报赛"活动对于农人来说，既是一种酬神的活动，更是一种自我愉悦、宣泄情感的方式。鲁迅曾指出，"农人耕稼，岁几无休时，递得余闲，则有报赛，举酒自劳，洁牲酬神，精神体质，两愉悦也"，因而对"报赛"活动是不能随意禁止的，否则农人无法宣泄的情感欲望"必别有所发泄者矣"。这种对于民俗问题的相当深刻的认识，是必须深入民俗文化氛围中才能得到的。从我们前面引述的有关方志中对"报赛"的记载来看，记述者的认识就有明显的误差，他们不是认为"连日累夜，甚非美俗，所宜戒止"，就是认为"男女聚观，识者鄙焉"，这说明他们修纂方志时，其实并未深入地方文化氛围中去，因而也不了解"报赛"活动与广大乡村群众的生活的密切关系。同样是记载这方面的民俗，山药蛋派作家却有明显的不同，他们都是从山西乡村社会中走来的，从小受着乡村民俗文化氛围的熏陶，因而对于民俗的认识就多了一层同情之了解，在他们笔下，对"报赛"活动的描述，总是充满着一种情趣。我们来看这段关于庙会的描写：

  唱戏的消息像风一样地立刻传到附近村里，本来是赶会的日子，人们来得更多了。那些消息最灵通的小摊贩们，早在庙院周围，摆好了他们的摊子。看吧，这里有扫帚、簸箕、绳绳索索，那里有镰刀、锄头、木锨、木杈，这里是铁锹、镢头，那里又是犁铧和种麦耧，还有各种粮食和菜蔬。到会上来成交生意的，带着牛、驴、骡马，以及猪、羊、鸡、兔等等各种大小牲畜的主人们，又是那么认真地和别人捏弄着手指头，用捏手指头商议着有零有整的价钱。在靠近庙院的街上，是各村来的供销社搭起的棚帐，摆着各色各样的布匹、成衣和日用杂货。在庙院跟前，在戏台旁边，是那些卖吃喝的小摊贩。看吧，戏台这面是一锅水饺，一锅肉丸子，那边又摆着西瓜、甜瓜、桃子、果子、凉粉、灌肠和豆腐干。在卖汾酒和本地烧酒的摊子的旁边，又来了一推车熟牛肉、一推车熟驴肉。他们最好挤到人堆里凑热闹，还要卖弄他们的亮嗓子："西瓜贱卖啦，红瓤黑籽，又沙又甜！"总之，凡是你在农村集会上看见的那些东西，都应有尽有了。在庙院当中，站着年轻的和上了年纪的男人们。小伙子们头上包着两三块花毛巾，有的竟至于五块，显出他们那英俊的姿态。庙院周围，闺女们和媳妇子们也有一些老大娘们，站了满满的一圈，好像全世界的花花布都摆到这里来了，而且，她们手上还拿着一把小花扇，天气热啊！于是你看吧，就像许许多多的花蝴蝶，在五颜六色的花丛上飞着。

  《七月古庙会》中的这段描写，如此铺张，足以见出作者的情趣。描写中既再现了乡间庙会的盛况和乡民们对于庙会的热情，同时也传达出了作者对此的由衷赞赏。

  与此相对应，作家们对那种妄自阻拦乡村"报赛"的做法则给予了批评和嘲讽。《七月古庙会》中就写到，正当大峪口村的乡民们盼望着一年一度的欢乐节日——七月十五的古庙会的到来时，工作组的魏志杰却以开展生产运动为名，要求人们放弃七月十五的赶会、唱戏。乡民们为求得这位领导的体谅都愿意以紧张的劳动，提前超额完成生产计划，迎接他们的古庙会，甚至"连那些长了白胡须的老汉们,也拿起了锄头、镰刀,起早搭黑地到地里锄草、割堰畔的草,压绿肥"。这样紧张地过了五天,农业社和大部分互助组都完成了生产计划,眼看就到七月十五日,村里又嚷起了唱戏的事情。然而,依然得不到魏志杰的理解,群众的要求再次被拒绝。人们在"失望之后,生气了":"春天是春耕忙,夏天是夏收忙,我们还说老人们留下的这个庙会正合农时,不想又来了个生产运动。可我们也没耽误生产呀!再说劳动一年还在乎这两天,让赶赶会、看看戏!……"群众于是"埋怨、讽刺、甚至谩骂"。魏志杰最后终于受到了乡民们的嘲弄:大家将一切真相瞒过了他,悄悄获得了县里批准,背地里做好了一切赶会与唱戏的准备,直到庙会开始,就要开台唱戏了,魏志杰还被蒙在鼓里。听到开台锣鼓的响声,魏志杰才匆匆赶到庙院,当他还想阻拦演出时,愤怒的群众终于冲上台去,将魏志杰挤下了台,使其扭伤了脚,被送进了医院。作品一方面展示了乡民们对于赛会的几近狂热的兴趣,另一方面又批评了那种无视乡间民俗的所谓合理因素一概加以禁止的愚蠢做法。魏志杰的尴尬,正是在于他没有能真正进入山西乡村文化的氛围之中,对山西农民重视赛会的程度茫然不知。

在山药蛋派作品中,对农历正月的"元宵"节庆活动有更多涉及。这是因为,在山西广大地区,"元宵"节庆更加普遍地受到乡民们的重视。马烽在《忆童年》一文中就曾说到,他儿时记忆最深的娱乐活动是正月的闹红火,因为除了这时能看到扭秧歌和演戏外,其他的娱乐活动就很少了。当然,"元宵"节庆之所以受山西乡民们的重视,不仅因为这是一次难得的自娱的机会,此中还包蕴着更多的生活内容。

有关"元宵"节庆,在山西的各种县志中均有记载。这里选录几则:

《石楼县志》(八卷清雍正八年刻本):"'元宵',张灯结彩,献戏,各门前置红火,光焰腾灼,锣鼓喧阗,十四至十六日止。"

《沁州志》(十卷清乾隆六年刻本):"'元宵',张挂纸灯,……十三日起,至十六日夜止,放烟火、花爆,以苾秆搭九曲黄河,上簪油灯数百盏。童子笙歌游玩,夜分始归。或架千秋为戏,各庙赛神。(州县同)十六日,男女趁游城头闾巷,谓之'游百病'。"

下面从不同时代、不同地区的山西县志中选录出几则有关"元宵"节的记载,以示其节庆习俗的普遍性和延续性:

《路安府志》(四十卷清乾隆三十五年刻本):"'上元',蒸茧以祀蚕姑,作粘穗以祀谷神。其'元宵'灯火与海内同……"

《文水县志》(十二卷清光绪九年刻本):"正月十五日,名'上元节',

祭天地，设鳌山，悬花灯，放烟火，于宽闲处埋九曲，士女竞游赏焉。聚引弦歌，彻三日。"

《沁源县志》（六卷"民国"二十二年铅印本）："十五日夜，为'元宵节'，家家门前挂灯，街市前放花炮，或有纸灯二三百盏成万字形而游绕者，谓之'黄河'。青年笙歌游街，士女沿途观看，自十四日夜起，至十六日止。惟十六日男女争趋游街，谓之'游百病'。"

《灵石县志》（十二卷"民国"二十三年铅印本）："正月十五，为'上元'，又名'元宵节'，人民张灯鼓吹，办杂剧，所过城市村镇，皆以酒食相饷，丰俭各从其便。"

从上述记载中可以看出，"元宵"或曰"上元"，也是一个重要的祭神日，主要是祭天地，祀蚕姑、谷神。山西各地的闹"元宵"，虽有些微差别，但大体上都是相同的。对"元宵"节庆的记载，在各县志中远较其他节庆的记载更详细、具体，这多少能说明这个节庆日在山西人心目中的重要程度。尽管如此，这些记载也还是显得过于笼统、机械，从中很难体味出山西乡民们闹"元宵"的生动情趣。

山药蛋派作品中对山西乡村的闹"元宵"所做的描述，则不仅给人们提供了一幅幅具体的"元宵"风俗画，而且洋溢着一种生动的情趣。胡正的《几度元宵》以一年一度的元宵节为贯穿线索，写了人物数年中的命运变化。作品中，元宵节虽只是作为时空背景出现的，但由于作者有着浓厚的民俗展示的兴味，因而每当涉及元宵节庆时，总要情不自禁地滞留住手中的笔，多花些笔墨来对节庆各方面的详情细节做出生动的描述：

杏湾村每年正月十五都要闹几天红火，河口公社也要在正月十五组织文艺会演。一九六五年文艺会演时，真是红火热闹啊！河口镇大街两旁，挂着各式各样的花灯，各大队闹社火的人们，从四面八方涌到镇里街上。锣鼓喧天，鞭炮轰鸣。有舞龙灯的，耍狮子的，跑旱船的，骑竹马的，踩高跷的，还有背棍、抬阁、武术、秧歌。秧歌队载歌载舞，每人手上还举着各种花灯。真是灯的世界，人的海洋。他们在拥挤的人群中一边表演，一边走进戏场，然后便是登台表演。

这是1965年河口镇闹元宵的景况。作品还向我们展现了1936年桑峪镇闹元宵的场面：

翠叶妈的娘家在桑峪镇，离杏湾村有四十里。她十七岁那年，一九三六年正月十五夜里，大街上家家门口挂着各色各样的花灯，不宽的街道上拥挤着一层层围看红火的人群。先是一队"自乐班"吹吹打打地过来了，随后跟着一队唱秧歌的人。那时秧歌队里还没有妇女参加，女角都由男子扮演。他们穿着旧戏曲中妇女的服装,手里敲着小锣。领头的人手中举一把旱伞,叫作"伞头",走过每家商店字号和大户人家门前时,"伞头"就停下来,编上几句应景的吉利唱词,如买卖兴隆、大发财源,或是五谷丰登、六畜兴旺等等。再后面便是人们爱看的龙灯和旱船。她原是和邻家一位姐妹相跟着出来看红火的。当舞龙灯的过来时,人们一阵蜂拥,把她和那位相跟的姐妹挤散了。舞龙灯的过去后,紧接着跑旱船的又过来了,围看的人们有的往前涌,有的往后挤,她的左足被人踩住,眼看着就要跌倒了。忽然间过来一个人,把挤压她的人们扛住,她才站稳了。

作品还分别写到了1976年和1979年的元宵节,而且每次对元宵节闹红火的热闹场面都是不厌其烦地做生动详细的描述。可以说,在《几度元宵》这一篇作品中所描述的不同村镇、不同时期的元宵节庆的场面和过程,就远比我们前面引述的方志中的有关元宵民俗的全部记载都要丰富,而其生动、具体、富有情味等,则更是方志记载中所不可能有的。

赵树理的《登记》中,也有一段描写涉及"元宵节":

张木匠一家就这么三口人——他两口子和这个女儿艾艾。今年阴历正月十五夜里,庄上又要玩龙灯,张木匠是老把式,甩尾巴的,吃过晚饭丢下碗就出去玩去了。艾艾洗罢了锅碗,就跟她妈相跟着,锁上院门,也出去看灯去了。后来三个人走了三个岔:张木匠玩龙灯,小飞蛾满街看热闹,艾艾只看放花炮起火,因为花炮起火是小晚放的。艾艾等小晚放完了花炮起火就回去了,小飞蛾在各街道上飞了一遍也回去了,只有张木匠不玩到底放不下手,因此他回去得最晚。

从作品内容看,这段描写本无关宏旨,只是为了交代人物时偶尔涉及正月十五这个日子:"小飞蛾生了个女儿叫'艾艾',算到一九五〇年阴历正月十五元宵节,虚岁二十,周岁十九。"然而作者却将笔忽然滞留在"正月十五"这个日子上,生出了这么一段玩龙灯、看热闹、放焰火的富有情趣的节庆行事的描写,这也足以看出作者浓厚的民俗展示的兴趣。

山药蛋派作品在描述山西农村中元宵节庆的闹"红火"(或曰闹"社火")时,除了具体介绍了舞龙灯、扭秧歌、放焰火等项目外,还介绍了在许多地方盛行的一种称之为"背铁棍"的项目。胡正《盲女乔玉梅》中写道:

我们村里每年春节闹红火,有一种红火叫背铁棍,把村里最好看的女女打扮起来,绑到铁棍上,年轻人背着闹红火。谁家的女女能够上铁棍,提亲的人就能挤坏她家的门。

在《汾水长流》中,对此介绍得更为具体:

……她（杜红莲）长到十五岁时，村里人们都夸奖她长得漂亮。正月十五闹红火，就选她上了"背棍"。这地方最时兴"背棍"。就是一个男人在背上背一根铁棍，把一个女孩子绑在上面，铁棍由双方的衣服遮盖着，因此看不出来。有时，铁棍从男人伸起的袖子里伸出去，再经过一把扇子或一把旱伞和上面女孩子的裙子的遮掩，就好像女孩子站在扇子或旱伞上一样。男女双方扮演的角色，大都是当地流行的戏曲或秧歌节目，如《打金枝》《宝莲灯》《四姐挑菜》《五哥放羊》等等。在挑选扮演者时，背铁棍的男子要身强力壮，会扭；"背棍"上的女子则要聪明漂亮。每年正月十五闹红火时，村里总要挑选几个最好看的女子上"背棍"，而谁家的女子如果上了"背棍"，开春以后，媒人就会踏烂谁家的门槛。那年正月十五选上杜红莲上"背棍"时，让她扮了一位玉堂春。

这段有关"背棍"的描述，原是为介绍人物而设，然而写人物仅用了两句话，而介绍"背棍"这种"红火"风俗却用了十倍于人物介绍的文字，真可谓不遗余墨。

闹"红火"，有玩龙灯、背铁棍的把式，当然也就有观赏的人群。孙谦的《大门开了》专门就观赏者的情况做了具体描述：

以前，王家庄有个不成名文的规矩：每逢元宵节就让那些青年男女们"自由"三天。在这三天的晚上，那些闺女和小媳妇们成群结队地去观灯，去打秋千，去看社火，而那些年轻的小伙子们总是跟在妇女们的后边。人家走，他们也走。人家站下，他们也站下。你靠我，我推你，想法子卖弄气力。等到那些年轻女人走进了没有灯光的小巷子里，那些年轻小伙子便像发了疯似的冲过去；紧接着，那些年轻女人们就又叫又笑地逃跑了。

这段描述，恰好印证了方志记载中所谓的"男女趋游城头闾巷""男女结伴游""男女争趋游街"的景观和"士女夜游不禁"等的规定。通过这段描写，我们还多少能够理解，为什么元宵节在乡间如此受到欢迎。作者紧接在上面这段描述之后发了这样两句感慨："哪个小伙子不想过那奇妙的夜晚？哪个小伙子也盼望元宵节早日到来。"《大门开了》具体写到了在元宵"自由"的三天中发生的一段短暂的"情"话。小说主人公王石圪旦长成了一个小伙子，像牛一样壮实，"一脸粉刺疙瘩，全身是力气；好奇，爱热闹，很想跟那些年轻人同伙结伴，去听戏，去看秧歌，去和闺女们厮混"。但是，平时却很少有这样的机会。等到了元宵"弛禁"时，"王石圪旦像挣断了缰绳的烈马，开头有点胆怯，不久就尝到了'自由'的味道，他尽着性子这里跑那里钻，兴奋得连饭也吃不下了。在那三天里，他一直跟着一个名叫田秀英的姑娘。那姑娘也不怎么避讳他——看样子，还有点喜欢他。果然，在'假期'的最后一个晚上——正月十六晚上，那姑娘约他明天晚上——十七晚上，在奶奶庙后边的枣树林里会面"。然而，过了正月十七，一切又恢复了老样子，这段"情话"在王石圪旦一生中只是死水中的微澜。胡正的《几度元宵》中也有类似的"情话"：翠叶妈十七岁那年的正月十五去看"红火"，被拥挤的人群冲倒了。一位同是看红火的年轻人却也早已"在这看红火热闹的人海中一眼看到她，就挤到她跟前，扛住踩压她的人群，把她救了出来"，接下来便是男女幽会，山盟海誓。当然，结局也是可以想象的。受制于"父母之命，媒妁之言"，婚姻不能自主；受制于生活环境和生活条件，青年男女平时较少有"接近""厮混"的机会；正因为如此，人们才更加重视、珍惜元宵节庆那无拘无束的生活，于是便有了无数的佳节情话，也许这"弛禁"的三天中结下的是苦果，但这短暂的情感欲求的释放，对于青年男女们来说也是非常宝贵的。

　　从山药蛋派作品所展示的岁时民俗行事过程来看，在山西的乡间，诸如"元宵""中元"等源于"敬神信巫"的"赛醮"活动，其实已逐步脱离了这些节庆原先的含义，而变成了乡村人民自娱的一种重要形式。下层人民对于生活的热情，在岁时节庆中得到了最大程度的体现。也正是在这些节庆中，包蕴了人们无数的期待、愿望和美好的回忆。因此，人们对节庆的重视，并不体现其信仰程度，而主要是体现了一种生活的态度。胡正的《七月古庙会》中，人们是那么眉飞色舞地"谈起快要到来的七月十五日"，那位名叫李兰花的，给自己赶缝一件淡绿色的短袖上衣，是为了到七月十五那一天，趁赶会、看戏的时机能会见春耕后已经半年未见面的"她的好人——未婚夫"。《汾水长流》中，郭春海与杜红莲的爱情故事起始于七月十五的庙会上，"他们除了正月十五闹红火，除了五月端午、七月十五赶庙会时见面，说话的机会就不多了。……"西戎《喜事》中海娃和小秀将结婚的日子定在正月十五日，是因为这一天"全村都在闹红火，吃好的，能好好高兴几天"。胡正《几度元宵》中的主人公沈翠叶和薛安明经过艰苦卓绝的斗争，终于在正月十五这一天，获得了自由结婚的权利。"那些羡慕自由恋爱、渴望婚姻自由的男女青年们"组成了闹红火的队伍来到他们门前，"他们要表示对于沈翠叶和薛安明结婚的庆贺。他们又扭起了秧歌，舞起了龙灯。锣鼓声更响了，有人还燃放了鞭炮。……"所有这些，都让人们能透过节庆去感觉到一种生活的温馨、甜蜜和美好。由此可见山药蛋派作品对岁时民俗的热衷展示中，其实正包含了作家们揭示下层人民积极的生活态度的目的以及他们自己的浓厚的生活情趣。

第三节 戏曲艺术

如前所述，山西乡村，庙宇遍布，反映了山西乡村的淫祀风尚。在山西乡间的庙宇中多设有舞亭或戏台，供祀神、赛会演戏之用。祀神、赛会时总要"多聚娼优，扮演杂剧"，因而随着"赛醮纷举"而起的是山西乡间演剧活动的兴盛。赵树理曾在《地方戏和年景》一文中谈到过这一情况，他还曾具体说到他故乡地区一个叫"嘉峰"的村子，"村里每年的端午节都起一次庙会，并且要演戏祀神"。因此，谈山西民俗，不能忽略山西乡间的戏剧演出活动以及戏剧在人民生活中的位置和影响。

戏曲艺术在山西地区有着悠久的历史。宋金元时期，是我国戏曲艺术从形成到成熟的重要历史阶段，而在这个阶段，山西地区凭借着长期的历史发展中积淀而成的祀神演剧的技艺和各种歌舞表演的传统，在本地区使戏曲艺术率先繁荣起来，从而为我国戏曲艺术的成熟起了推动作用，成为我国戏曲艺术的摇篮之一。在明清时期，山西的戏曲演出活动更加繁荣，不断繁衍出新的剧种，并给予其他地区的剧种以巨大的影响。据《泽州戏曲史稿》所述，泽州（今晋城一带）的各种戏曲歌舞活动甚至可以追溯到北魏时期。当时山西境内是古代道教活动的重要地区之一，"道教建筑比比皆是，道教祀神的同时也传播了中国古代音乐文化。唐玄宗李隆基笃信道教，即位前曾任潞州别驾，经常出入这里的道观，与演奏法曲的道士们频频接触，对道教法曲了如指掌。做了皇帝后，曾把这些法曲引入宫廷，设立'法曲部'，发展音乐歌舞，后来竟成梨园始祖。上党戏曲界一向供奉他为戏神'老郎爷'，甚至在'梨园之乡望城头'，艺人们集资修建祭祀唐明皇的'开元宫'"。山西泽州地区"远在北宋年间，就建有'舞亭''舞楼''乐楼'等砖木建筑，金元之际的乐楼、舞亭、舞楼建筑……（至今）这里仍留存多处。至于明清舞台、戏楼建筑，确似星罗棋布。民间街头百戏，或在迎神赛会中活动，或在元宵灯会表演，始终兴盛不衰"。山西地区戏曲艺术的繁荣，是与祀神、赛会有着密切关系的。据《迎神赛社礼节传簿四十曲宫调》记载，山西农村迎神赛社时上演的曲目、剧目有245种。在山西的许多地方志中，更有大量对祀神、赛会与演戏活动的记载。例如：

《赵城县志》（三十七卷清道光七年刻本）："惟尚淫祀，村必有庙，缘钱岁课息以奉神，享赛必演剧……"

《怀仁县新志》（十二卷清光绪九年刻本）："至士、子祀先师、文昌；农夫祀龙神；市人祀城隍、财神，各从其类。然多敛资演戏，四时不绝。"

《临晋县志》（十六卷"民国"十二年铅印本）："邑俗，族必有庙，障大族祠庙，多建戏台，祭祖日恒演剧，且竟有用之坟茔者。"

《翼城县志》（三十八卷"民国"十八年铅印本）："邑俗迷信鬼神，由来已久，村各有庙，户各有神。其最普通者，为岁首之祭，而结神迎神，演戏赛会之事，平时多有行之者……"

正因为演戏活动几乎是与祀神共生的，而山西又淫祀成风，于是村各有庙，庙中多建戏台，乡间演戏活动由此而连绵不断。到清乾隆年间，山西全境已几乎是村村有戏台，甚至一村二台、三台，并且动辄演戏，不仅是祀神，凡节庆、婚丧寿喜等均不放过演戏机会。据《定襄县补志》记载，乾隆庚子科举人樊先瀛上《保泰条目疏》，以乡间演戏过繁为患，提出"裁演戏，止夜唱"；并建议，"大村每岁戏止一台，中村则两年一台，小村则三年一台，每台只三日"；神戏则"各庙分年献之"，至于无故而唱的"亮戏""还愿酬神的愿戏"和婚丧寿喜的"乐戏"则一概禁绝。但戏剧在山西地区已与广大群众的生活过紧地联系在一起了，因而是禁而不绝的。直到近现代，演戏活动在山西乡间仍历久不衰。赵树理曾这样讲述过自己家乡地区的一些演戏习俗和惯例："在解放之前，这地方演戏还没有卖票制，只演敬神的戏——哪个村敬神由哪个村包场，外村人则是白看。""这地区演戏的习惯是每日两场——下午的一场似乎是专给老年人和小孩子们演的，青壮年只看夜场。""在过去演酬神戏的时候，往往贴着这样的通告：'滋以三时无害，万宝告成，皆赖神圣之灵，风雨之助。报恩崇德，人所应然。本村谨择于×月×日起，洁治樽俎，虔修牲馔，兼督俳优，献戏三日，以酬圣泽，而明感戴……此项费用，按以地亩均摊——每亩耕地，应摊×角×分，仰阖村居民，于三日之内如数扫缴，以光神事！……'看明之后，就须在三日之内，出卖新谷，了此冤债。"赵树理这里所讲述的，正应了前述有关"敛资演戏，四时不绝"等的方志记载。正因为演戏活动与山西乡间的酬神以及娱乐等是密切联系在一起的，它深深植根在乡间里社，有着广大的群众基础，因此可以说，演戏活动实际上已构成山西地区的一个重要地方习惯和民俗现象。

因为山西地区的演戏活动原本是与祀神赛醮连在一起的，因此我们在上一部分介绍山药蛋派作品对山西赛醮民俗的展示时，其实已经多少涉及了演戏的问题，如元宵闹红火时的扭秧歌、旱船、花鼓、二人抬等都算戏曲的一种；一些重要的古庙会如"七月古庙会"和"端午庙会"，更是必演戏剧。当然，山药蛋派作家对演戏民俗的展示远不止这些，他们在展示乡间演戏活动的同时，还注重揭示演戏对民众生活的影响。

戏曲的演出，在山西乡间有着广泛的群众基础，人们对演剧活动抱着极大的热情，这种热情既表现在"看戏"方面，也表现在"演"的方面。在山西乡间，除了有各种形式的专业化戏曲班社外，更多的是村社中组建的以自演自娱为主的"自乐班"。赵树理曾在一篇文章中回忆起他家乡村子里的一个"自乐班"：

我生在农村，中农家庭，父亲是给"八音会"里拉弦的。那时"八音会"的领导人是个老贫农，五个儿子都没有娶过媳妇，都能打能唱，乐器就在他们家里，每年冬季的夜里和农忙的雨天，我们就常到他家凑热闹。

这里的"八音会"就是一种"自乐班"性质的组织。赵树理还曾在《盘龙峪》这篇作品中更详细地介绍到了自乐班的演出、自娱情况：

小松道："今天晚上咱先唱咱的戏吧？"

安泰道："一定要唱，要不是图唱戏的话，我磕了头就走了。"

原来盘龙峪的几十个村庄，每庄都备有一套唱梆子戏的乐器，爱玩的人每庄各组成一会，就名为"某村（或某庄）自乐会"。他弟兄十二个，都是西坪庄自乐会的会员，就安泰最好唱，唱得也最好，小软爱唱旦角。不过他们只是坐着连打带唱，并不化妆登场。

小松道："先吃！吃了再唱。"大家因为要唱戏，吃得很快。不等大家吃完，小松却早把乐器安排好了。

他们唱得最熟练的一本戏，是平话本精忠传里泥马渡康王的故事，渡康王唱了半本，邀神的来了，就从半本上打了"尾声"煞了戏。邀神的上了香，又催他们唱，……安泰问在北岩社戏的好坏，去看的人说还不如自乐会唱得好……

在《福贵》中，作者也写到了"自乐班"的情况："村里有自乐班，福贵也学会了唱戏——从小当小军（跑龙套），长大了唱正生，唱得很好。"每年正月十五或是庙会，自乐班都要演戏。福贵是每次必演，银花是"不论怎样忙，总想去看看"。福贵这年受穷，饿得慌，演不动戏，"叫别人顶他的角，台底下不要"，甚至有人表示"抬也得把他抬来"！从《盘龙峪》和《福贵》的描述中可以看出，乡村"自乐班"的演出不仅比较正规，而且还会产生群众所喜爱的"大把式"。《三里湾》中的袁小旦被村上的姑娘戏称为"小女婿"，是因为他"在村里演戏时候扮演过'小女婿'这角色"。《李有才板话》中的李有才，显然也是村上"自乐班"的"大把式"，这从他与小福的表兄的一段对话中可以看出：

"……我是十六晚上在这里看戏，见你老叔唱焦光普唱得那样好，想来领领教！"有才笑了一笑又问道："你村的戏今年怎么不唱了？"小福的表兄道：

"早了赁不下箱，明天才能唱！"有才见他说起唱戏，劲上来了，就不客气地讲起来。他讲："这焦光普虽说是个丑，可是个大角色，唱就得唱出劲来！"说着就举起他的旱烟袋算马鞭子，下面虽然坐着，上边就抢打起来，一边抢着一边道："一出场，当当当当当，令令当，令令当，令各拉打打当！"

看得出，李有才是个演戏的行家老手。成年人有自己的"自乐班"，儿童也有自己的演戏活动，如赵树理的《刘二和与王继圣》中就写到一群放牛的小孩子们在野地里的演戏游戏：大家把牛赶到坪上后，"都找了些有蔓的草……盘起来戴在头上，连起来披在身上当盔甲，又在坡上削了些野桃条，在老刘地里削了些高粱秆当枪刀……嘴念着'冬仓冬仓……'"地演起罗成戏、张飞戏等。从这种儿童的游戏中，也多少可以看出山西乡间演戏活动的普及程度。

山西乡间有演戏的热情，更有看戏的热情。胡正《汾水长流》中展示了这样一个看戏的场景：

开戏了，庙院当中挤满了年轻的和上了年纪的男人，一个紧挨着一个站着，严严实实，密密层层。谁想动一动也费劲。那些打扮得漂漂亮亮的姑娘、媳妇子们，还有那些老太婆们，就站在庙院的后边和左右两廊的台阶上，好像一个半圆形的花花绿绿的包围圈。

大家都爱看戏，这里面固然有许多仅是凑个热闹的，但在长期的戏剧环境的熏陶下，乡民中也确有不少是真正懂戏、会欣赏戏的。如《刘二和与王继圣》中写到的聚宝：

这聚宝原来是一个碾磨子的石匠，可是很懂戏——也会看也会唱。他碾起磨来也是手里碾着嘴里唱着，锤就是他的梆子，碾得慢了唱流水，碾得快了唱垛板。附近几个戏班子里都有他的熟人，哪一班唱什么戏得手他也都知道，因此本村每逢唱戏，大家都愿意请他来挑。……不大一会，戏点出来了，戏牌挂在台口柱子上，正本戏是《天河配》，搭戏是《铡美》《下南唐》《杀狗》，大家都很满意。

"大家都很满意"，便道出了乡间民众的整体欣赏水平，如果一无所知，只是凑热闹，也许就无所谓满意不满意。在山药蛋派作品中，有许多可称得上是"戏迷"的人物形象。如马烽《老社员》中的贺老拴：

老社员是有名的戏迷，不过他只迷两个人：从前迷的是毛毛旦。毛毛旦死了以后，他好多年很少进过戏场。解放后不知怎么一下又迷上了牛桂英了。不管从前还是现在，只要是这两个人唱，即使家里着了火，也得等看完戏再救；不说别的，谁敢在他面前批评这两个角色唱得不好，他不和你打架也得吵一场，至少是给你个难看——把脖子一挺说："你懂个甚？滚远点吧！"

孙谦《元老社员》中的岳成龙也是一个"戏迷",只要是"周围村里有个唱戏赶会的,岳成龙总要登上新车子去瞧热闹"。胡正的《七月古庙会》中更是写到了群众普遍爱戏、迷戏的情况:人们普遍地喜爱戏剧、熟悉戏剧,平常在田间劳动时也以演戏为谈资:

人们又谈起了哪一年是谁来唱的戏,唱得如何如何,你说这一个唱得好,他说那一个演得强;你说今年还要请这家来唱,他说今年一定要请那家来演。于是,又引起一场愉快的争论。

人们不仅喜欢谈论戏剧,而且还特别喜欢在田间地头时不时唱上那么一段。《三里湾》中就写到,这个村里的农民在地里做活时,"嘴里都好唱几句戏":

何科长和张信又走了不多远,便听见在这柳树林边另一块地里割谷子的青年妇女们用不高不低的嗓门,非正式地唱着本地的"小落子"戏,另有个十五六岁的小男青年,用嘴念着锣鼓点儿给她们帮忙。

此外,从山药蛋派作品中一些人物的外号上也能看到戏曲对普通民众生活影响的痕迹。我们前面提及的《三里湾》中的袁小旦,他那"小女婿"的外号就是由演戏而来的。再如《登记》中的"小飞蛾"也是一个明显的例子。张家庄的张木匠娶亲,庄上人去看热闹,"当新媳妇取去了盖头红的时候,一个青年小伙子对着另一个小伙子的耳朵悄悄说:'看!小飞蛾!'那个小伙子笑了一笑说:'活像!'不多一会,屋里,院里,你的嘴对我的耳朵,我的嘴又对他的耳朵,各哩各得都嚷嚷这三个字——'小飞蛾'"。作品专门花一段文字交代了"小飞蛾"三个字的来历:

原来这地方一个梆子戏班里有个有名的武旦,身材不很高,那时候也不过二十来岁,一出场,抬手动脚都有戏,眉毛眼睛都会说话。唱《金山寺》她装白娘子,跑起来白罗裙满台飞,一个人撑满台,好像一只蚕蛾儿,人都叫她"小飞蛾"。张木匠娶的这个新媳妇就像她——叫张木匠自己说,也说是"越看越像"。

于是,"小飞蛾"这一外号取代了张木匠媳妇儿的本名。又如《三里湾》中"糊涂涂"这一外号,其来历也与戏曲有关。"糊涂涂"本不会唱几句戏,但自从不知道跟谁学了一句"糊涂涂来在你家门"之后,便隔一会唱一句,并因此而给自己带来了"糊涂涂"的外号。

有一次,他在刀把上犁地,起先是犁一垅唱两遍,后来因为那块地北头窄南头宽,越犁越短,犁着犁着就只能唱一遍;最后地垅更短了,一遍唱不完就得吆喝牲口回头;只听他唱"糊涂涂——回来""糊涂涂——回来"。从那时候起,就有人叫他"糊涂涂"。

从上述取外号的情况中，也可以看出戏剧的普及化给山西乡间带来的生活情趣。作为一种文化传统，作为一种生活方式，演戏活动与山西人的生活确实是非常紧密地联系在一起的。

综上所述，在文学作品中对山西地区的诸如婚丧礼俗、岁时祭祀、演戏风俗等民俗现象的热衷展示，显示出了山药蛋派作家浓厚的民俗兴趣。这种民俗展示，无疑给他们的作品增添了浓烈的地方色彩，而且也使作品具有了一种特殊的民俗学的价值。

鲁迅曾呼吁有志于文化革新和社会改革的人们，"必须先知道习惯和风俗"，"因为倘不看清，就无从改革"。鲁迅之所以强调这一点，是因为一般人的文化审视的眼光，往往放在正统的经典的文化这一文化范式上，而忽略了更广泛地左右着普通人的生活方式的其他文化范式；人们往往比较注重文化的显性方面的东西，而忽视了隐性方面的东西；过多地重视那些可以用现成理论来分类、界定的思想意识，而忽略了更为丰富复杂的、以民俗文化的方式（即风俗、习惯）影响着人们的亚思想意识。这种文化审视眼光的偏颇，足以使"较新的改革""著著失败，改革一两，反动十斤"。因而，鲁迅认为："倘不深入民众的大层中，于他们的风俗习惯，加以研究，解剖，分别好坏，立存废的标准，而于存于废，都慎选施行的方法，则无论怎样改革，都将为习惯的岩石所压碎，或者只在表面上浮游一些时。"鲁迅的这种呼吁，可以说在山药蛋派作家那儿得到了积极的回应！赵树理曾明确说过：

我们的农村，在土改之前，地主阶级占着统治地位，一切文化、制度、风俗、习惯，或是由地主阶级安排的，或是受地主阶级思想支配的，一般农民，对地主阶级的压迫、剥削尽管有极其浓厚的反抗思想，可是对久已形成的文化、制度、风俗、习惯，又多是习以为常的，有的甚而是拥护的，思想敏锐的人们即使感到不合理，也往往是无可奈何。合作化以后，从生产资料的所有权方面看，农村的阶级是消灭了，可是旧的文化、制度、风俗、习惯给人们头脑中造成的旧影响还没有消灭，因此人们对人对事的认识，就不一定完全符合最大多数人最长远的利益。

这段话体现了山药蛋派作家对民俗问题的深刻认识。从山药蛋派作品对民俗的展示来看，作家们确实是深入民众的大层中，充分地研究、解剖了他们的风俗和习惯，而且"于存于废"都有所思考。对于奢靡的婚娶礼俗，山药蛋派作家不仅通过民俗展示，显示其弊端，而且还揭示其与山西特殊的地理环境、经济条件的关系，进而提出了要从根本上废除婚姻陋俗，必须使广大乡民真正从贫瘠的生活状况中解脱出来；对于诸如求雨、拜神等民间迷信，作家们在对其嘲讽、批判的同时，也多少分析了它们得以产生的根源；而对于那些充满了乡间生活情趣、给人们带来身心愉悦的赛会、演戏等民俗活动，作家们则以一种特有的热情努力加以弘扬，并对那些无理取缔赛会、演戏等民俗活动的行为给予了批评。毫无疑问，即使从民俗学的角度来看山药蛋派作品的价值，也理应给予较高的评价。

第五章　山药蛋派文学的地域文化精神

山药蛋派作家受三晋文化的养育，形成了一种根深蒂固的地域性文化观念，这对构成山药蛋派创作的地域性特征是极其重要的。如果说，山药蛋派作品在题材上反映了三晋文化内容，这还只是属于表层性的东西的话，那么，作家自身受三晋文化养育而形成的独特的思维方式、观照问题的角度、评判事物的价值标准以及具体的处理文学题材的方式等，才是更为深刻的东西。

第一节　崇"实"的地域精神

三晋文化在本质上是一种崇"实"的文化，诚如我们在前面所论及的，历代有关山西地域特点的记载，不外是"务实勤业""其民信实纯厚""其人性质信实""重实轻名""其性朴实""敦厚质实"等。三晋地区的崇"实"文化，甚至可以追溯到战国时代。三晋地区在战国时期是盛产和流行法家思想的区域，战国时期著名的法家人物大多出生或活动于三晋地区，如处子（赵国人）、李悝（在魏国变法）、申不害（在韩国变法）、慎到（赵国人）、韩非（韩国人）等。战国时期主要的著名法家人物都与三晋或多或少有着联系（包括商鞅，最初也曾在魏国做魏相公叔痤的家臣；吴起最初也在魏国为将），这一事实，多少说明三晋地区有施展他们思想和才华的环境。侯外庐先生在《中国思想通史》中指出，"各个学派的流传分布，往往有其地域特点"，"法家主要源于三晋"，这与三晋有适宜法家思想生长的土壤有关。法家思想中有一种"务实"的精神，法家人物一般都很重实际而不重经典，重物质利益而不讲玄思夸饰。这种特点，作为山西民风民性的重要组成部分一直保持下来了。我们在山药蛋派作家那儿，可以找到许多与法家思想相通的地方，如山药蛋派作家身上那种重实际、重实情、讲实效的观照问题的角度，与韩非的"参验"（用实际来对比、查验问题）

思想多少有思维上的同构性；再如，山药蛋派作品中常用的解决问题的方式——"从上级解决问题""靠计谋解决问题"等，在思想方法上与法家思想中的"势"（威势）、"术"（权术、计谋）多少也有相通之处。虽然，我们没有确切的材料来说明山药蛋派受到过法家思想的影响，但作为一种地域性精神传统，法家思想是融合在地域文化氛围之中的，山药蛋派作家既然大都是在三晋地区土生土长的，且深受这种文化氛围的熏陶，因而在他们的文化观念中也必然会在不自觉中承继一些地域性精神传统。在山药蛋派作家的文化观念中，我们的确能明显地看到那种深烙下的崇"实"的地域精神的印记。

赵树理的爱人关连中曾这样谈起赵树理："老赵就是太实诚，太死心眼，信奉什么，一条道跑到黑。"说真话，不说假话，这几乎是山药蛋派作家们的共性。例如，20世纪60年代中国作家协会在大连召开了"农村题材短篇小说创作座谈会"，在这个会上，最活跃者恰恰是山药蛋派作家，如赵树理、西戎、束为等。在这次会上，赵树理对农村生活实情所说的真话和他几年来创作上不"随风倒"的精神，受到了高度的评价，大家称他为写农村生活的"铁笔""圣手"。西戎、束为在这次会议上也是敢于说真话、讲实情的人。西戎在多年后曾这样回忆说："中国作协在大连召开了'农村题材短篇小说创作座谈会'，我当时因为刚刚从农村回来，了解情况较多，到会说了一些真话，《赖大嫂》也得到了几句赞扬。"

当然，我们并不能将实事求是、"说真话不说假话"等归结为地方特点，但山药蛋派作家身上得以具备这一秉性，却不能说是与地域文化的养育没有关系。类似的秉性，我们从山西的一些地方先贤身上也能看到，如山西历史上伟大的史学家司马光就以崇实著称。据《传家集》载，刘安问司马光，待人律己最重要的是什么，他回答：就是一个诚字。再问他从何做起，他说：从不说假话做起。所以朱熹在《三朝名臣言行录》中称司马光为"脚踏实地之人"。

从司马光到山药蛋派，我们看到了三晋大地上不同时代的文化人身上一脉相承的"脚踏实地"的地域精神。

崇"实"精神并不仅仅是指脚踏实地、待人以诚、不说假话等。崇"实"精神表现在不同的文化层面上，相关的一系列概念是，务实、实干、实际、实效、实利、实用、现实、平实、拘实等。就山药蛋派作家及其创作而言，他们文化观念中的崇"实"精神也正是在不同的文化层面上多层次、全方位地体现出来的。

第二节 拘实性艺术思维

　　山药蛋派作家的崇实精神表现在艺术思维上，就是过于"拘实"。我们在第二章中对山药蛋派作品注重表现内容（即人、事、物等）上的实指性和摒弃虚构、绝少想象的特点已经做过举证和论述，其实追求这种"实指性"、摒弃虚构、绝少想象的特点，正是"拘实"性艺术思维的结果。

　　拘实性思维给山药蛋派作品带来的积极意义是，作品中所写的人物、事件都有牢靠的现实基础，因而在现实主义真实性上达到了较高的程度。由于注重这种真实的现实基础，山药蛋派作家在把握作品中的人物特性时，很得火候，多能做到准确、切实。如在对特定历史阶段上农民思想觉悟程度的把握上，赵树理曾表达过这样的见解：

　　农村自己不产生共产主义思想，这是肯定的。农村的人物如果落实点，给他加上共产主义思想，总觉得不合适。什么"光荣是党给我的"这种话，我是不写的。……《套不住的手》这个老头要写社会主义的鼓舞，或写或讲，总觉得不太自然。是不是有点自然主义？现在我们写领导人物总不免外加些。《三里湾》的支书，也少写他的共产主义理论。一个队真正有一个人去搞社会主义，就很了不起了。所以，我的作品有时反映不充分，脚步慢一些。自己没看透，就想慢一点写。

　　这种看法表明，作者是在实际中观察和把握农民的现实状况的，这种把握是符合农民在特定历史阶段的觉悟程度的。作者所谓"没有看透，就想慢一点写"，实际上是一种托词，这表明了作者不愿脱离现实任意拔高的严谨的创作态度。山药蛋派作家在创作上大都持一种严谨的态度，这与他们的"拘实"性艺术思维确实是有关系的，拘泥于真人实事，势必要从自己所熟悉的生活中取材，这在客观上杜绝了脱离实际的胡编乱造的弊端。赵树理在谈到写作素材问题时，曾这样说过："在生活中，在工作中碰来碰去，你就会觉得哪个人好'共事'，哪个人别扭；你喜欢哪些人，厌恶哪些人；哪些人该批评，哪些人该表扬，这就提供了你写作的素材。"他也指出："我们要用欣赏的态度多听一些，乡下人叫'耳满了'，写起东西来也不知从什么地方就受了影响。……多听、多看、多读，日久天长，对自己就有了影响，这样拿起锯来就有树可锯。"赵树理还说起过，自己创作的"材料大部分是拾来的，而且往往是和材料走得碰了头，想不拾也躲不开"。也就是说，必须是从自己亲身体验所获得的材料中选取创作素材，否则，仅仅是"从别人那里听来的，就是再生动我也不敢做正面描写"。

赵树理写《孟祥英翻身》的过程就充分体现了他上述的见解。作者原想写一个作为生产度荒英雄的孟祥英，但他发现，那样一些事迹，自己体会不深，难以下笔，于是改换了写作重心。据孟祥英回忆，当时赵树理找她谈过两次话："我把自己怎样组织全村妇女和带动邻村妇女进行生产度荒活动的情况谈得很细，他默默听着，似乎不太感兴趣。他反复打听的倒是我怎样受婆婆气，挨丈夫打，又怎样不屈服、闹翻身等方面的详情……"作者这种写作重心的选择，正是依据他对写作内容的熟悉程度来决定的，赵树理说："我写东西，只能是自己经历过的，如《孟祥英》（《孟祥英翻身》，下同）里的生活，虽不是我的生活，可是《孟祥英》中所写到的事，普遍存在于当日的社会中，而是我听见惯了的。"赵树理对度荒生产没有"经历过"，所以未敢做正面描写，但对旧社会妇女受婆婆气、挨丈夫打等遭遇却见得很多，因此在写孟祥英时，作者未突出人物作为英雄（组织妇女、带动群众度荒生产）的一面，而是重点写了人物受欺压而不屈服，反抗、闹翻身的经过，这种取材实在不是偶然的，是他坚持"写熟悉的生活"的必然结果。

与赵树理一样，西戎在回顾自己的创作生涯时也曾说过："我也力图为'中心'服务过。可是我看见的一些生活现象，虽然报纸上用红色通栏标题宣传，我是根本不相信的。因为思想上不通，对这些虚假的生活现象，我不能歌颂，又缺乏勇气去干预它，只好自认跟不上形势。"坚信自己亲眼看到的事实，不人云亦云，不歌颂虚假的生活现象，这也正是一种严谨的创作态度的集中体现。

当然，拘实性艺术思维也给山药蛋派的创作带来了负面意义。用赵树理的话说是，"自己有个熟悉农村的包袱"。这里所谓的"包袱"，含义是广泛而深刻的。山药蛋派作家的确都背着这样一个"包袱"。这首先体现为以"是否熟悉"为评判作品所写事物准确与否的标准。如赵树理做编辑时曾力主发表了一篇题为《金锁》的作品，这篇作品后来颇遭非议，赵树理在对此事的"检讨"中承认，因为"觉着其中写到的事物有不少地方和我自己观念中已有的事物差不多，因此就说他是'比较现实的作品'，还要叫给别人做个参照"。不管应如何来客观评价《金锁》这篇作品，仅仅以自己"熟悉"的程度为评判标准，这总是比较狭窄的。过分注重亲身的经历和实际的经验、执守自己所熟悉的，而对超出自己经验、经历范围的事物，对自己不太熟悉的生活则持拒斥心理，这造成了赵树理自己所承认的"两个毛病"：第一，对自己熟悉的"具体的地方因为爱之过切，就容易产生本位主义"，亦即偏狭的地方观念；第二，"因为只深入一点，就容易以偏概全，据以推测广大地区的情况。"我们前面所述及的，山药蛋派作家执守于山西乡土，而对山西之外的其他地区的生活却绝少表现，甚至在其他地方生活数年后在创作上对该地区生活仍缺乏亲和力，这一方面是源自他们的乡土习性、乡土情感，另一方面则也是由他们的拘实性艺术思维所致。

强调直接经验，凡未亲历的事情便难以下笔，直接经验有什么就写什么，对生活的认识凭经验、艺术处理上凭经验，其结果当然是带来创作题材、主题和技巧的狭窄化。关于山药蛋派创作的艺术视野不够广阔的问题，早就有人指出来了。曾有人认为，赵树理等人的"着眼点往往在基层"，他们试图"解剖小生产的狭隘眼界和习惯势力"，但由于局限于一定区域的狭小范围内，局限于自身的实际经验，而"缺乏正确的对社会基本矛盾的认识并从总体上加以把握，就使他的作品缺乏一种近于史诗般的宏伟规模。赵树理及其流派笔下的社会生活的图画虽然不失为自成体系的完整的艺术世界，仍不免显得局促和不够广阔"。康濯在总结赵树理的创作经验时也曾非常明确地指出：

有这样一种看法，认为赵树理的艺术道路固然有珍贵的意义，但也未免狭隘了一些；说他对农民尽管满怀强烈的热爱和深厚的感情，却又显然是过分偏爱，以至自己也带了农民的狭隘性，自己的艺术道路甚至还有点狭隘近于固执了。这种看法或许不无道理，我也认为老赵有点狭隘、片面和偏爱。我认为他怕也难免狭隘、片面和偏爱之嫌，只是感到在他所特有的艺术气质和本色的基础上，他的独异的艺术风格还可以进一步发展得更加广阔和多姿多彩。……他这种广阔多姿的发展显然还很不够，只相信自己实际经历过的事，只注重自己已有的经验，对自己熟悉的事物有特殊的偏爱，以至于将自己封闭起来，限制了自己向更广阔多姿的方面发展，这的确是赵树理等山药蛋派作家存在的不足之处。这在赵树理身上更为突出，他自己就曾谈到过这样一件事："胡乔木同志批评我写的东西不大（没有接触重大题材）、不深，写不出振奋人心的作品，要我读一些借鉴性作品，并亲自为我选定了苏联及其他国家的作品五六本，要我解除一切工作尽心来读。"但对这类劝告，赵树理是不大听得进去的，"据说他拿到胡乔木为他选定的几本书后，只读了几页，读不下去，就借故下乡去了"。

对自己的因拘泥于熟悉的真人实事而带来的创作上的局限，赵树理自己是有所认识的，他说：

同志们、朋友们对我所写的作品的观感是写旧人旧事较明朗，较细致，写新人新事较模糊，较粗糙。完全正确，其所以那样，就决定于这全部养料。我和我写的那些旧人物到田里做活在一块做，休息同在一株树下休息，吃饭同在一个广场吃饭；他们每个人的环境、思想和那思想所支配的生活方式、前途的打算，我无所不晓。当他们一个人刚要开口说话，我大体上能推测出他要说什么——有时候和他开玩笑，能先替他说出或接他的后半句话。我既然这样了解他们，自然就能描写他们。对新的人物，大半是在会议时间碰一碰头，如何能发现每一个人的思想性格和各个阶级各种关系的全貌呢？那绝有把握的、能像我对旧人旧事那样了解得面面俱到，可以尽情描写的新人新事，可以说更少得很。所以在一个作品中同时新旧都有的时候，新的方面便相形见绌。

这里，赵树理将自己新人物写得不好的原因归结为所接受的"养料"的局限，这自然是对的，但"养料"本是可以不断加以汲取的，而恰恰是由于拘泥于已有的经验、拘泥于已经熟悉的真人实事，背着"熟悉生活的包袱"，这才使他未能在不断汲取新的"养料"的过程中从"狭隘"走向"广阔"。这一切是不能忽略拘实性艺术思维的定式所起的作用的。

参考文献

[1] 王亦欣."山药蛋派"的衰落因素探寻[N].发展导报,2016-03-18(026).

[2] 段崇轩."局内人"眼中的"山药蛋派"[N].文艺报,2014-09-22(006).

[3] 张丽军."土气息、泥滋味"的山药蛋派文学[N].文艺报,2014-09-22(006).

[4] 方奕,刘冬青."山药蛋派":一个特殊时代的文学印记[N].文艺报,2014-09-22(005).

[5] 傅书华.瞩望提振"山药蛋派"[N].人民日报,2013-05-17(024).

[6] 杜学文."山药蛋派"对新文学的意义[N].山西日报,2015-09-09(C03).

[7] 段崇轩."山药蛋派"后继有人[N].文艺报,2011-12-14(002).

[8] 梁向阳,陈忠红."山药蛋派"的初次亮相[N].文艺报,2014-09-22(005).

[9] 朱涛.徘徊在"务实"与"出实"之间:马烽小说的乡土体验[N].文艺报,2014-09-22(007).

[10] 傅书华.山西非虚构写作的崛起[N].人民日报,2016-07-19(014).